FOLIO JUNIOR

RE
TE

Titre original : *Dumb Creatures*

Édition originale publiée par Macmillan Children's Books Ltd, 2004

Jeanne Willis

TOM ET LE GORILLE

Illustré
par Chloé Bureau du Colombier

Traduit de l'anglais
par Florence Meyeres

FOLIO JUNIOR
GALLIMARD JEUNESSE

Pour Tom Orsler

Le numéro des chapitres est indiqué par un dessin
représentant le nombre en langue des signes.
Vous trouverez également à la fin de l'histoire
l'alphabet complet en langue des signes.

CHAPITRE 1

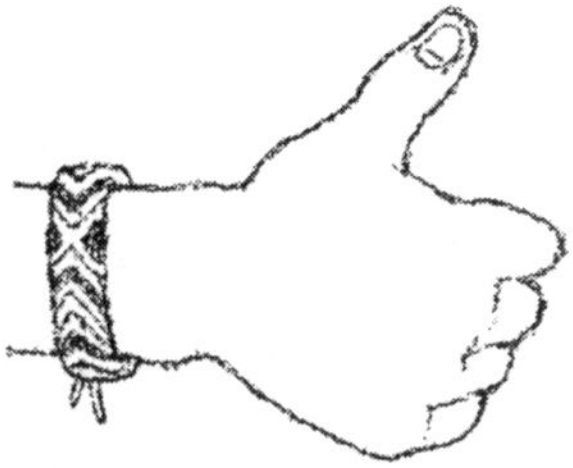

J'entends, je pense. Mais je ne parle pas. Personne ne sait pourquoi. Même si je ne parle pas, j'ai des choses à dire. Beaucoup de choses. Pourtant, quand j'ouvre la bouche, on dirait un chien qui aboie, ou un chat qui hurle, ou encore un rat qui pousse un cri strident.

Les gens se moquent de moi et disent que je suis un idiot. Ils doivent aussi penser que je suis sourd, ou alors, comment expliquer qu'ils soient si méchants, ils croient peut-être que comme je ne peux pas parler, je n'éprouve rien. Mais ce n'est pas vrai. Si les gens pouvaient au moins se taire et prendre le temps d'observer, ils verraient que j'ai des sentiments. Ils le verraient dans mes yeux ou inscrit sur mon visage, ou encore dans ma façon de me tenir. Mais ils ne restent jamais tranquilles assez longtemps, ils ne se taisent jamais assez pour prendre le temps d'observer. Je fais de grands gestes car j'ai de grands sentiments qui ne demandent qu'à s'exprimer. Au début, j'étais convaincu que comme ça, tout le monde saurait ce que je veux dire. Quelquefois, un gros paquet de mots monte de mon ventre et se précipite dans ma bouche. Ils brûlent le fond de ma gorge mais refusent de sortir. Alors je ravale le tout.

J'ai onze ans maintenant et je vais dans une école comme tout le monde. J'utilise la langue des signes pour communiquer avec mes parents ou avec Ruth, l'orthophoniste qui s'occupe de moi. Mais je ne peux pas avoir de vraie conversation avec les enfants de ma classe. Ils me parlent, mais comme ils le feraient avec un animal qu'ils aiment bien :

– Jouer à la balle, Tom ?

Ils me posent des questions, mais ils y répondent toujours à ma place.

– T'aimes le foot, pas vrai Tom ?

Non, je n'aime pas le foot. Dans la cour, je donne des coups de pied dans la balle, mais simplement pour faire comme les autres. Si je reste au bord du terrain pour regarder un match, les filles s'occupent de moi. Elles me traitent comme un bébé. Je déteste ça. J'aimerais qu'elles me considèrent comme un garçon comme les autres. Je les observe quand elles regardent Ryan, Jamie ou Matte. Je vois des étincelles dans leurs yeux. Elles penchent la tête. Et elles rougissent.

Avec moi, elles ne font jamais ça. Avec moi, elles jouent à la maman. Et moi, je suis toujours le bébé ou le chien. Jamais le père. Elles veulent se montrer gentilles, je le sais, mais moi, ça me donne envie de hurler. Parfois un cri m'échappe, et les filles s'enfuient en rigolant. Je les rends nerveuses. Elles pensent que je suis un pauvre petit gars cinglé. Mais non, je suis aussi intelligent qu'un autre, la seule chose, c'est que je ne parle pas. Parfois, je me sens étranger dans mon propre pays. Il m'est impossible d'avoir une conversation privée. La langue des signes est silencieuse, mais visible à tous. Les gens ne la comprennent peut-être pas, mais comment en être certain ? Impossible de savoir. Je ne veux pas que tout le monde connaisse ma vie, mais comment poser des questions vraiment personnelles ? Sur la puberté, par exemple. Impossible de parler tout bas en langue des signes. Les seuls à qui je puisse poser de telles questions, ce sont mes parents. Mais il y a des choses qu'on ne veut surtout pas demander à son père ou à sa mère. Il y a des choses qu'un garçon ne veut discuter qu'avec d'autres garçons. Et moi, je n'ai aucun garçon à qui parler. Personne à l'école ne connaît la langue des signes. Les réponses à mes questions, je dois les trouver dans les livres.

Il est difficile de partager autre chose que des pensées banales quand on ne peut pas parler et que les autres ignorent la langue des signes. C'est pour ça qu'ils pensent que je suis un peu simple d'esprit. Mais c'est faux. J'ai des pensées très profondes, des pensées magnifiques. Une fois, alors qu'on était en sortie avec l'école, j'ai aperçu un faucon qui planait au-dessus d'un champ. Le bout de ses ailes tremblait comme un morceau de tissu. Il avait repéré quelque chose et il attendait. Personne d'autre ne l'avait vu. Je me suis dit que si les autres aussi voyaient ce faucon, ils seraient séduits. Ils comprendraient alors qu'un spectacle peut être à la fois extraordinaire et silencieux. J'ai tiré sur le manteau de l'institutrice en montrant le ciel du doigt :

– Qu'est-ce qu'il y a Tom, tu as vu un avion ?

Je fis non de la tête. Tout à coup, le faucon piqua dans les hautes herbes. Il réapparut, un serpent prisonnier de ses serres. C'était un spectacle saisissant, magnifique. Je pointai de nouveau le doigt vers le ciel. Je sautai sur place, le doigt en l'air.

– D'accord, d'accord, Tom. Ecoutez, tout le monde, Tom a vu un avion.

L'institutrice me tapota l'épaule. Elle ne leva même pas les yeux. Personne d'ailleurs ne prit la peine de regarder le ciel. Ils étaient bien trop occupés à papoter : et bla bla bla, et bla bla bla... Mon faucon disparut dans la lumière du soleil, oiseau invisible de mes rêves. On nous demanda de dessiner quelque chose qu'on avait vu pendant la sortie. J'ai dessiné mon faucon. C'était un beau dessin.

– C'est un magnifique faucon, commenta la maîtresse, mais ça ne correspond à rien de ce qu'on a vu.

Moi si, je l'avais vu ce faucon. Je vois des choses que les gens qui parlent ne voient jamais. Si seulement ils se rendaient compte de tout ce qu'ils laissent passer, plongés comme ils le sont dans leur brouhaha continuel. La parole noie la vérité, j'en suis persuadé.

Je vais au zoo pour être avec des créatures qui ne parlent pas. Je vais voir l'aquarium et sa tortue qui nage dans le silence. Elle n'a pas assez de place. C'est ce que disent les moindres parties de son corps. Les bulles qui sortent de ses narines sont comme les bulles d'une bande dessinée : « Je suis trop à l'étroit, pourquoi ce petit océan a-t-il des parois de verre ? Où m'arrêter pour être tranquille et déposer mes œufs ? »

Suis-je le seul à la comprendre ? Ou pire encore : ceux qui savent parler peuvent-ils la comprendre mais font-ils comme s'ils n'entendaient pas ? C'est bien ce que je crains.

Le zoo n'est pas loin de chez moi. Il suffit de descendre la rue et de marcher jusqu'à l'autre côté de la colline. Maintenant, j'ai le droit de m'y rendre seul. Maintenant, ma mère est enceinte. Les gens disent que c'est bien qu'elle attende un autre enfant. Ils disent ça, puis m'apercevant, s'arrêtent au milieu de leur phrase. Je la connais, moi, la fin de cette phrase. C'est quelque chose du genre : « Il sera normal celui-là, vous aurez enfin quelqu'un à qui parler. »

Elle a déjà mon père pour parler. Elle a le monde entier pour parler. Moi, je n'ai personne. Et je n'ai besoin de personne. Je vais au zoo pour voir des créatures qui ont envie de communiquer avec moi. Des créatures qui sont loin de chez elles. Qui viennent chacune d'une autre planète. Le chameau y côtoie le loup, le tigre le pingouin, le loup la girafe. De quoi peuvent-ils bien parler ensemble ? Vous seriez étonnés si vous saviez.

Je suis un abonné du zoo. J'ai payé ma cotisation. J'ai eu douze tickets gratuits en plus pour visiter le zoo quand j'en ai envie. Je peux rester des heures entières planté devant chacune des cages. Je veux arriver à connaître en détail chaque animal, mâle et femelle. J'observe et j'écoute. Eux aussi observent et écoutent.

Quelquefois, je les touche. J'ai touché le rhinocéros. Je sais pourquoi il plisse ses petits yeux avant de renifler. Il m'a dit beaucoup de choses. Je l'ai lu dans sa façon de gratter le sable de son enclos et de frotter sa corne contre le mur de ciment tout en gémissant. Il sentait l'Afrique.

J'ai regardé dans l'œil du tigre : il était aussi vert et profond qu'un éclat jungle. Dans le fond de son œil, j'ai vu une flamme. Elle était aussi faible que la lueur d'une bougie sur un gâteau. Elle tremblait, cette flamme, elle faiblissait parfois, mais ne s'éteignait pas. Si j'avais osé souffler dans l'œil du tigre, j'aurais pu l'éteindre, mais quelque chose de puissant attisait cette flamme : le souffle brûlant de l'Inde. Une fois mort, il deviendrait le saint patron des tigres, on lui mettrait des guirlandes autour du cou en signe de respect.

Un jour, ma mère a demandé à m'accompagner au zoo. Elle avait envie de sortir. Est-ce qu'elle pouvait venir avec moi ? Je lui ai fait oui de la tête. Ça ne me gênait pas tant qu'elle restait silencieuse. Je lui ai donné un de mes tickets.

Son ventre était énorme. Elle devait se pencher en arrière pour garder l'équilibre. Elle marchait comme un canard. Le bébé appuyait sur sa vessie et ses poumons. Elle avait du mal à respirer et encore plus à parler. L'air était humide. Elle a ouvert la bouche comme un poisson pour avaler de l'oxygène et prendre appui sur mon épaule.

– Arrête-toi, Tom.

Nous étions à côté de la cage des gorilles. Il y avait un grand mâle, un gorille des montagnes, endormi dans un coin. Il y en avait aussi deux autres, plus jeunes, avec le dos couvert de poils noirs. Et aussi une femelle adulte, baptisée Zanzi. Elle était accroupie, le nez contre les barreaux, occupée à arracher les pétales d'une fleur avec ses doigts qui ressemblaient à du cuir.

Elle observait ma mère, trop fatiguée pour s'en apercevoir. Mais moi, je l'avais remarqué. C'était le regard de quelqu'un qui comprend tout. On aurait dit qu'elle pouvait voir au travers du tissu de la robe de ma mère, à travers sa peau veinée de bleu, à travers ses muscles douloureux, jusqu'au plus profond de son ventre.

Ma mère était appuyée contre la barrière, les yeux fermés. Je me suis accroupi. Ce mouvement attira l'attention du gorille qui tourna vers moi son regard d'ambre. Elle poussa un petit grognement pour s'assurer qu'elle avait bien toute mon attention, puis elle se mit à me parler par signes. Je le jure sur la tête de ma mère : elle utilisait bien la langue des signes ! Elle a entouré son ventre de ses mains énormes et elle a dit, en langue des signes : « gorille, graine ». Elle a soudain esquissé un sourire et poussé un léger cri. Elle a signé le même message, au cas où je n'aurais pas bien compris la première fois. Mais elle a été encore plus explicite : « bébé, là aussi ».

CHAPITRE II

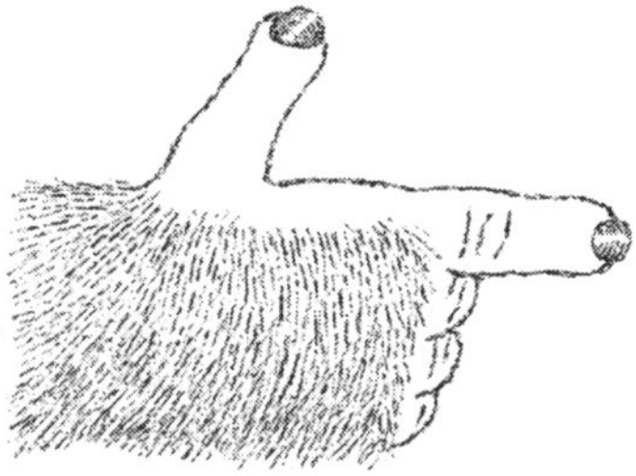

Je n'ai révélé à personne le secret de Zanzi. C'était la moindre des choses. C'était ce qu'elle voulait. Il faut dire qu'elle n'avait guère d'intimité et, moi, je pouvais très bien comprendre ça.

Même le gardien ignorait qu'elle était enceinte. Ce n'est pas facile de voir quand un gorille femelle attend un petit, car elles ont toujours un ventre assez volumineux. Les gens pensent que les gorilles sont gros car ce sont des animaux paresseux qui ne font que dormir et manger. Ce n'est pas vrai. C'est la nature qui les a faits comme ça.

Ils se nourrissent de feuilles, de racines et de fleurs. Ce sont des herbivores. Et ils mettent beaucoup de temps à digérer car ils stockent la nourriture dans leur estomac. C'est pour ça qu'ils ont le ventre gonflé.

A l'intérieur du ventre de Zanzi, le bébé grandissait. Je me demandais s'il était plus petit ou plus grand que le bébé dans le ventre de ma mère. Il faut neuf mois avant qu'un bébé humain soit prêt à sortir. Et huit mois et demi pour un bébé gorille, pratiquement la même durée. Nos gènes sont presque identiques. J'ai bien dit « presque » et je me demande en quoi consiste cette petite différence.

Ma sœur est née une semaine plus tard, pendant un orage. Le matin, ma mère avait nettoyé les sols, fait le tri dans les tiroirs et repassé de minuscules vêtements. Elle avait aussi lavé les vitres, aspiré sous les lits et ciré des meubles qui n'étaient même pas poussiéreux. Elle avait aussi rempli un saut d'eau brûlante pour lessiver les murs de la cuisine. Elle était épuisée. Mon père lui avait pris le seau des mains et lui avait ordonné de s'asseoir.

– Fiche-moi la paix, avait-elle répondu, je prépare mon nid.

Le même jour, Zanzi aussi a commencé à préparer un coin pour son petit. Je l'observais à travers les barreaux. Elle n'avait que de la paille à sa disposition. Apparemment, ce n'était pas suffisant. Elle a passé le bras à travers les barreaux pour arracher les herbes hautes qui poussaient dans la haie, près de sa cage. Après m'être assuré que personne ne regardait, j'ai arraché quelques plantes d'un parterre de fleurs, des plantes avec des feuilles bien larges que j'ai mises dans la cage.

Elle m'a regardé par-dessous ses longs cils et les a prises. Elle a humé les tiges encore pleines de sève. Elle s'est éloignée en marchant sur deux pattes, les plantes sous un bras, et elle a attrapé la corde épaisse avec sa main encore libre. Elle s'est hissée sur une plate-forme de bois, a disposé la paille tout autour d'elle et a commencé à tisser les plantes pour faire comme un grand panier.

Congo, le gorille des montagnes, s'est approché pour voir ce qu'elle faisait. Il a ramassé l'une des plantes du parterre et a sucé la fleur rouge vif qui fleurissait au bout de la tige. Zanzi s'est mise à hurler et à frapper le sol de la plate-forme. Fiche-moi la paix, je prépare mon nid !

Il a grogné, enfoui la fleur dans sa bouche avant de décamper.

Moi aussi je suis parti. Cette nuit-là, la chaleur fut étouffante. Des grêlons s'écrasaient contre ma fenêtre. La foudre tombait, les éclairs déchiraient l'obscurité. C'était une musique composée spécialement pour donner la vie. Les cris de ma mère se joignirent au chœur qui résonnait dehors. J'avais déjà entendu ce concert, bien avant ma naissance. Les aboiements de la renarde, la plainte de la baleine, les meuglements de la vache. J'adore cet air, car il est sans paroles.

Ma sœur est sortie du ventre de ma mère avant qu'elle puisse rejoindre l'hôpital. Elle est née sur le sol de notre entrée. J'ai descendu les escaliers et je l'ai vue blottie comme un petit oiseau sur la poitrine de ma mère. Le cordon ombilical n'avait pas encore été coupé. Elle était couverte d'un mélange de liquide visqueux et de sang. Elle ne criait pas. Mais mon père, si. Quand enfin il s'est arrêté, il était incapable de prononcer une parole : il était sans voix.

Mes parents ont appelé ma petite sœur Daisy. Ce prénom lui va comme un gant.

Une fois lavée, elle m'a paru si fraîche,

elle ressemblait plus à une fleur qu'à un être humain. Ses doigts étaient comme des pétales et sa peau était tout simplement parfaite. Quand j'ai caressé sa joue, je me suis demandé si c'était bien sa peau que je touchais, tant c'était doux et moelleux.

Naturellement, elle ne savait pas parler. Pas encore. Mais elle s'exprimait avec ses mains. Je fus le seul à le remarquer. Mes parents étaient trop occupés et trop fatigués pour s'en apercevoir. Ils n'ont pas compris qu'elle essayait de communiquer. Elle était très patiente avec eux. Sans cesse, elle répétait les signes avec ses mains. Elle suçait ses poings, pliait les genoux, plissait les yeux, tentant encore et encore de se faire comprendre. Finalement, elle se mettait à pleurer. C'était son dernier recours.

Quand elle pleurait, mon père ou ma mère la prenaient dans leurs bras. Ils devinrent très irritables, se demandant toujours ce qui n'allait pas. Sa couche était-elle sale ? Avait-elle trop chaud ? Avait-elle faim ? Elle pleurait plus fort encore. Elle pleurait car elle voulait qu'on la prenne dans les bras. C'était ça qu'elle réclamait. Elle ne voulait ni manger ni jouer, ni qu'on la change. Pas étonnant que les bébés crient autant !

La petite fille de Zanzi, elle, ne criait pas. Elle était née la même nuit que Daisy, avec l'odeur de la pluie chaude dans les arbres et le rugissement de tonnerre du léopard. Une vraie petite forêt équatoriale au beau milieu du zoo municipal. Zanzi a lavé son bébé et l'a épinglé sur sa poitrine comme une broche. Elle le caressait pendant qu'il tétait. La mère ne doit pas s'endormir, à cause du python. Et de la panthère. Ils pourraient s'emparer du bébé. Congo la protégerait une fois qu'il serait éveillé. Congo était le père.

Les jeunes gorilles n'étaient pas autorisés à approcher Zanzi. C'est la loi des gorilles.

S'ils avaient été libres, ils seraient déjà partis au loin pour fonder leur propre famille. Mais ici, ce n'était pas possible. La cohabitation était difficile.

C'était le premier bébé de Zanzi. Il lui faudrait s'en occuper seule, sans l'aide de ses tantes ou de ses sœurs. Avant, il y avait une autre femelle gorille, baptisée Kolo, mais elle était morte l'hiver précédent. Elle n'avait pas été remplacée. Elle n'avait que treize ans. Au zoo, Kolo aurait pu espérer vivre jusqu'à cinquante ans. En liberté, elle serait morte jeune. Tuée par un prédateur ou piégée par un braconnier. Peut-être lui aurait-on tranché les mains et la tête pour en faire des trophées. Sa forêt aurait peut-être été détruite par des gens qui eux non plus n'ont pas de maison. Maintenant, les gorilles sont des réfugiés, tout comme les humains. Il est vrai que nos gènes sont presque identiques, presque...

Avec un peu de chance, un gorille sauvage mourait de sa belle mort. A l'approche de ses trente-cinq ans, il perdait peu à peu ses dents et devenait incapable de se nourrir. Kolo était née en captivité. Elle aurait dû vivre vieille. Elle bénéficiait d'excellents soins médicaux et dentaires. Mais son système immunitaire a été incapable de la protéger d'une maladie transmise par un humain. Elle est morte en peu de temps. Les gorilles nés dans les zoos sont fragiles. Quand ils attrapent une maladie, ils ne luttent pas. Ils perdent le goût de la vie. C'est une sorte de suicide.

J'étais arrivé en avance et je fus le premier à pénétrer dans le zoo. J'ai fait claquer ma langue doucement, et elle s'est aussitôt retournée. Elle tenait le bébé dans ses bras. Il était bien plus petit que Daisy. Il devait peser deux kilos tout au plus. De petites touffes de poils fins recouvraient sa peau d'un gris rosé. La plante de ses pieds était entièrement rose. Le bébé s'arrêta de téter et leva ses grands yeux caramel vers sa mère.

Zanzi laissa échapper un petit rire. Elle retira la main qui soutenait le corps de son petit et il s'accrocha à sa fourrure. Elle me regarda et me dit, avec ses mains :

– Voici mon bébé.

Je lui répondis :

– Il est très beau.

Même si elle ne pouvait lire les signes que je traçais avec mes mains, elle savait lire dans mon cœur. Elle savait qu'à la vue de son petit, mes yeux se mettaient à briller, je souriais de toutes mes dents.

– Très beau, signa-t-elle à son tour.

Eric, le gardien responsable des gorilles, arriva et s'arrêta près de moi. Zanzi recula. Elle prit son élan et, à l'aide de la corde, grimpa jusqu'à la plate-forme de bois, le bébé sous le bras.

– Avec leur gros ventre, difficile de savoir quand elles sont enceintes, commenta-t-il, mais c'est une bonne surprise.

La nouvelle se répandit à toute vitesse. On placarda même une affiche à l'entrée du zoo : « Venez admirer la maman gorille et son petit ! »

Rapidement, un attroupement se forma autour de l'enclos. Les gens se bousculaient et se poussaient du coude pour voir le bébé.

Sur sa plate-forme, Zanzi se recroquevilla et jeta de la paille par-dessus son épaule. Elle était nerveuse. Il y avait de plus en plus de monde, et le vacarme était infernal. J'aurais bien voulu qu'ils se taisent tous autant qu'ils étaient car ils dérangeaient la mère et son petit. Mais bien sûr, ils continuaient.

– Approche, Zanzi.

– Viens là, Zanzi.

– Montre-nous ton bébé !

Les clics des appareils photo n'arrêtaient pas. Les gens tapaient sur les barreaux. Eric leur dit d'arrêter, mais personne ne l'écoutait. Bing ! Bing ! Bing ! Qu'ils regardent mais qu'ils se taisent ! Impossible qu'ils restent un peu tranquilles. On aurait dit une meute de loups.

Les journalistes arrivèrent. Et aussi les équipes de télévision. Mais Zanzi refusait toujours de quitter la plate-forme. Le directeur du zoo parla à Eric. Les cameramen avaient une grue. Si l'animal persistait à ne pas vouloir descendre, alors ils monteraient là-haut et la filmeraient sur son perchoir. Le zoo avait besoin de cette publicité... et de l'argent que ça leur rapporterait.

Eric obéit aux instructions et verrouilla le second compartiment de la cage. Il était possible de le faire depuis l'extérieur. C'était le seul moyen pour les animaux de leur échapper. La télévision voulait y installer une caméra : d'une manière ou d'une autre, ils filmeraient ce bébé.

J'ai assisté à la mise en place de la grue. Dès que la caméra fut en position, Zanzi glissa le long de la corde et se précipita vers le deuxième enclos, celui qui avait un toit. La serrure était verrouillée. Elle frappa du poing, encore et encore, poussant des cris d'incompréhension. Elle se jeta sur les barreaux. Congo apparut derrière un talus herbeux pour voir ce qui se passait. Il prit appui sur ses pattes avant et observa l'équipe de télévision. Il secoua sa tête dans tous les sens, se mit à frapper le sol et à jeter des branchages. Les gens éclatèrent de rire. Ils se frappaient la poitrine en se moquant de lui.

Là, les choses sérieuses ont commencé. Il a retroussé les babines et foncé sur les barreaux de l'enclos. Les vibrations causées par ses cris firent trembler les murs. L'équipe de télévision se mit à hurler et recula immédiatement. Une caméra se brisa sur le sol. Le directeur du zoo fut pris de panique.

Eric aussi était furieux, mais il ne le montrait pas. Il demanda au conducteur de la grue de partir. Il isola l'enclos aux gorilles à l'aide de cônes de plastique et de ruban rouge et blanc.

Tout honteux, il déverrouilla la porte du deuxième enclos : Zanzi s'y glissa immédiatement.

CHAPITRE III

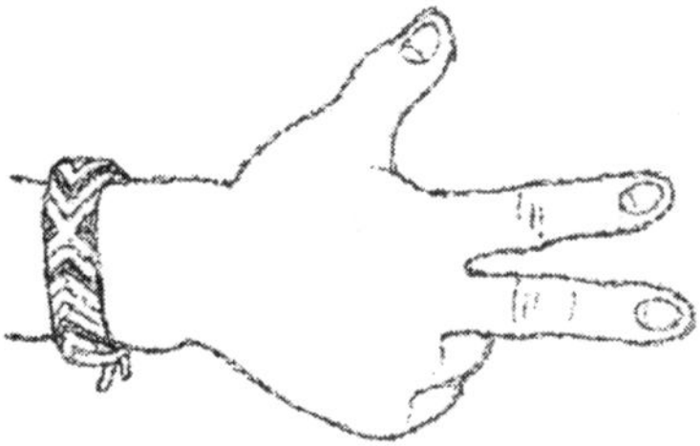

Je suis rentré à la maison, plein de colère et de frustration. J'aurais voulu prendre la défense de Zanzi, mais je n'avais pas pu. En la voyant qui tentait de protéger son bébé de la foule, je ne voyais plus un gorille et son petit, mais je voyais maman et Daisy. Après la naissance de ma petite sœur, le téléphone sonnait sans arrêt. Il y avait aussi des visites, tout le temps. Et ça parlait, bla bla bla, bla, bla. Ils voulaient tous un peu de Daisy. Ils la réveillaient pour la prendre dans leurs bras alors qu'elle n'avait besoin que d'une chose : se reposer. Elle était épuisée. Elle n'était pas encore complètement habituée à l'air qui emplissait ses poumons ou aux rayons de lumière qui frappaient ses yeux.

Ma mère laissait les visiteurs la prendre dans leurs bras, même si elle n'en avait pas très envie. Pas encore. Elle ne supportait pas d'être séparée de Daisy. Elle avait besoin de la tenir dans ses bras et de sentir son odeur, sa peau contre sa peau. De sentir le poids de son petit corps contre le sien, même si le cordon avait été coupé.

Chaque fois qu'elle tendait Daisy à un inconnu, elle avait un petit sourire nerveux : c'était son bébé à elle, personne d'autre ne devait le toucher. Mais impossible de se débarrasser des gens. Comme si le nouveau bébé appartenait à tout le monde. Maman s'asseyait alors sur le bord du canapé, prête à se lever si quelqu'un laissait tomber son bébé.

J'aurais voulu pouvoir mettre des barrières de sécurité, tout comme Eric. Des cônes de plastique et du ruban rouge et blanc que j'aurais disposés tout autour de la maison avec des pancartes disant : « Interdiction d'entrer. Ne pas déranger. »

Les visiteurs parlaient de moi quand j'étais là :

– Et Tom, ça se passe bien avec le bébé ?

En temps normal, ça rendait ma mère folle de rage. En temps normal, elle aurait répondu :

– Pourquoi vous ne lui demandez pas directement ? Il n'est pas sourd, vous savez.

Mais elle ne le faisait pas. Elle était trop occupée à protéger Daisy. Je n'étais plus celui qui avait besoin de protection.

– Oui, disait-elle, il est très gentil avec elle.

Tout le monde mourait d'envie de savoir si le bébé parlerait, mais personne n'allait jusqu'au bout de sa phrase. C'était ma mère qui devait la finir. Et affronter le fait que ce bébé aussi pourrait ne pas être parfait en tout point.

– Pourra-t-elle...

– Ça doit être encore tôt pour le dire mais...

– A-t-elle passé des tests pour...

Mon père était dans la cuisine, occupé à faire la vaisselle. Il mit les mains sur le bord de l'évier, secoua la tête et lança un regard furieux à nos visiteurs par la porte ouverte. Fourchettes et couteaux volèrent avant de s'étaler sur la table. Il fonça à travers la pièce et hurla :

– Il est effectivement encore trop tôt pour le dire.

Les invités se turent. Ils vidèrent leur tasse de thé et s'en allèrent. Papa brancha le répondeur du téléphone. Maman monta dans la chambre. Elle était en pleurs. Elle s'endormit avec Daisy contre sa poitrine.

Au bout d'un certain temps, les choses s'améliorèrent pour les deux mamans. Elles s'habituèrent à leur nouvelle condition. Les voisins, qui d'ordinaire ne nous adressaient pas la parole, arrêtèrent de venir sonner en plein milieu des repas et l'arrivée de toute une portée de lionceaux détourna l'attention des curieux de la cage aux gorilles.

Quand Eric se fut assuré que Zanzi était un peu moins possessive, un grand quotidien fut invité à venir photographier le bébé gorille. Le zoo l'avait baptisée Zoé, mais pour Zanzi, ce fut toujours « Ma Beauté ». Elle m'avait donné un nom à moi aussi. Je lui avais dit que je m'appelais Tom, mais pour elle, ça n'avait aucune signification.

– Toi, Œil-Couleur-de-Ciel, me fit-elle en langue des signes.

Ma Beauté grandissait deux fois plus vite que Daisy. Sa peau prit une teinte plus sombre, les taches roses disparurent et ses membres, si frêles au début, devinrent plus forts. Les touffes de poils s'étaient épaissies et la recouvraient maintenant entièrement, de la tête aux pieds. Seuls son visage, la paume de ses mains et la plante de ses pieds n'avaient pas de poils.

Assise, Zanzi faisait rouler Ma Beauté sur ses cuisses. Elle hoquetait, rotait, suçait ses orteils. Elle se tenait assise et se tirait les poils. Daisy n'arrivait pas encore à se tenir assise. Je lui mettais son hochet dans la main, mais elle ne pouvait pas l'agripper correctement.

Rien d'anormal à ça ; elle n'était tout simplement pas un gorille. Pas tout à fait.

Souvent, Eric restait près de moi quand je regardais Zanzi. Il adorait les gorilles, ça sautait aux yeux. C'était un homme calme et réfléchi. Il restait là de longs moments sans rien dire, comme s'il échafaudait des plans fantastiques. Puis il lâchait quelques phrases.

Je pense plutôt qu'il réfléchissait à voix haute. Il ne semblait pas attendre de réponse de ma part. Un hochement de tête ou un sourire étaient suffisants. On pouvait presque dire que nous avions une conversation. Il semblait même ignorer que je ne pouvais pas parler.

– Les gorilles émettent jusqu'à vingt-cinq sons différents, m'expliqua-t-il un jour, et pourtant ils sont incapables de parler comme les humains. Il leur manque certains rouages. C'est bien dommage.

Je lui souriais en faisant oui de la tête. Il m'apprit aussi que les petits singes vervet possédaient le système de communication le plus sophistiqué de tout le monde animal. Il semblait déçu : il aurait voulu que les grands singes soient les gagnants de cette compétition. Les chimpanzés, les orangs-outans et les gorilles étaient ses préférés.

– Il paraît qu'ils peuvent apprendre la

langue des signes, m'expliqua-t-il. On dit que Koko, un singe qui appartenait à la Gorilla Foundation de Californie, connaissait plus de huit cents signes.

Il sourit doucement et ajouta :

– On prétend même qu'il racontait des blagues !

Zanzi lançait son bébé en l'air et le balançait dans tous les sens. Le bébé riait et criait comme un bambin qui monte pour la première fois sur une balançoire.

– Il y a un type, Chomsky, expliqua encore Eric, qui a étudié les singes qui utilisaient la langue des signes, et il en a conclu qu'ils ne comprenaient pas ce qu'ils disaient. Pas vraiment.

Il s'appuya sur la rambarde et éternua, puis il retira ses lunettes et commença à les nettoyer avec son mouchoir. Il y avait une marque mauve sur l'arête de son nez. Zanzi signa derrière son dos :

– Il crie comme un éléphant, Œil-de-Caillou !

Eric se retourna et Zanzi fit semblant de se gratter l'aisselle.

Difficile de ne pas éclater de rire ! Elle avait baptisé Eric « Œil-de-Caillou » !

Les verres épais de ses lunettes lui faisaient penser à des cailloux. Et son éternuement lui rappelait le barrissement de l'éléphant. Elle fit un petit bruit avec ses lèvres et esquissa un large sourire.

– Les gorilles sont-ils capables de parler ? poursuivit Eric, les humains, eux, peuvent voler sur une dizaine de mètres. C'est ce qu'ils font aux Jeux olympiques. Mais est-ce vraiment voler ? Cette question n'a pas de sens. En tout cas, telle fut la conclusion de Chomsky.

Je fronçai les sourcils en secouant la tête.

– Il a peut-être tort, il a peut-être raison. Mais il y a une chose que je sais avec certitude : les gorilles sont extrêmement intelligents.

Œil-de-Cailloux s'éloigna et je lui répondis d'un petit oui de la tête tout en lui faisant un signe de la main.

J'ai interrogé Ruth au sujet de Koko. Elle m'a dit avoir lu des articles à son sujet. Elle connaissait aussi Chomsky, le linguiste. Je lui ai demandé son avis. En tant qu'orthophoniste, pensait-elle qu'il était possible que les singes maîtrisent la langue des signes ?

– Pas sûr, m'a-t-elle répondu avec ses mains. Il se pourrait qu'ils imitent simplement ceux qui s'occupent d'eux pour leur faire plaisir ou pour obtenir une récompense. Et toi, qu'en penses-tu, Tom ?

– Je pense qu'ils comprennent bien plus de choses que ce qu'ils nous laissent croire.

– Pourquoi dis-tu ça ?

Je lui ai parlé de Zanzi, de la manière

dont elle m'avait annoncé sa grossesse. Du nom qu'elle m'avait donné, « Œil-Couleur-de-Ciel ».

– Les gorilles voient les couleurs, Ruth.

Zanzi ne connaissait peut-être pas le signe qui voulait dire « bleu », alors elle avait utilisé « ciel » pour décrire mes yeux.

Ruth fit un large sourire.

– C'est incroyable !

Qu'entendait-elle par là ? Qu'il était impossible de croire à mon histoire ou bien qu'elle était stupéfiante ? En tout cas, elle ne m'a pas contredit...

Lorsque je suis retourné la voir, elle m'a annoncé qu'elle avait quelque chose pour moi :

– Lis ça, Tom.

C'était un article du département de l'université de Washington spécialisé dans la communication entre l'homme et le chimpanzé.

J'ai commencé à parcourir l'article. L'institut accueillait une famille de cinq chimpanzés qui, selon leurs éducateurs, maîtrisaient tous la langue des signes.

– Lis l'article à haute voix, Tom. Quel est ce mot ? Ch...

A notre connaissance, la phrase la plus complexe construite par un chimpanzé contenait sept signes. Quelquefois, il suffit aux bébés chimpanzés d'observer leur mère pour apprendre la langue des signes.

– Allez, Tom, un petit effort : chim...

Autre découverte intéressante : il semblerait que les chimpanzés soient capables d'inventer de nouveaux signes en combinant ceux qu'ils connaissent déjà. Ainsi, un chimpanzé a défini le mot pastèque en utilisant le signe « fruit » et le signe « rond ».

– Tom !

Non, je ne dirai pas « chimpanzé ». Je n'essaierai même pas. Peut-être que c'était la même chose pour les singes de l'université de Washington.

– Dis « humain », Koko.

– Allez Tom, un petit effort.

Ruth commençait vraiment à m'énerver. J'ai perdu mon sang-froid :

– La ferme, face de cake !

« arrête de me traiter comme un singe », ai-je pensé en mon for intérieur.

Après ça, je suis sorti de son cabinet.

CHAPITRE IV

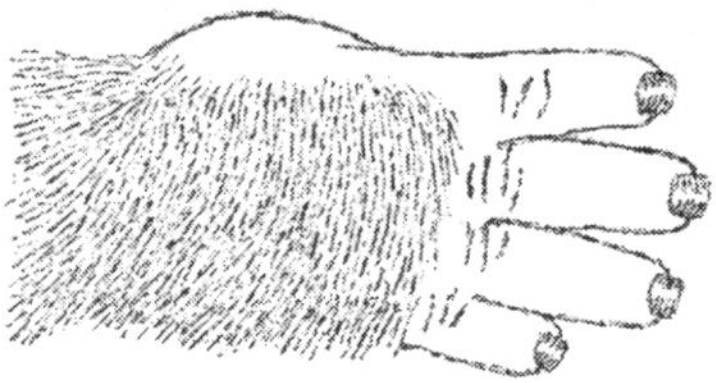

A l'âge de trois mois, Ma Beauté eut ses premières dents. Ruth m'accompagna au zoo. Je m'en voulais beaucoup de l'avoir insultée. Mais j'en avais marre qu'on me pousse tout le temps à parler. Certains rouages n'étaient pas bien en place dans ma tête, voilà tout.

– Mais non, tout fonctionne parfaitement. Je suis convaincue que tu es capable de parler. Tu y arriveras, Tom, tu y arriveras.

J'ignore pourquoi elle avait tellement confiance en moi, mais c'était comme ça. Je sais reconnaître les gens qui mentent. C'est si facile : ils suent légèrement et parlent un peu trop vite. Ils se grattent le nez, ou fixent leurs chaussures. Ils ont la bougeotte. Quelquefois, ils essaient de vous convaincre du contraire et alors ils vous regardent droit dans les yeux, mais ils soutiennent votre regard un peu trop longtemps, comme les mauvais acteurs.

Si Ruth m'accompagnait, cela signifiait aussi que j'utiliserais deux tickets, et il ne m'en restait pas beaucoup. Elle proposa de payer, mais je voulais l'inviter pour lui prouver combien j'étais désolé d'avoir été si grossier. Elle ne voulait que m'aider, mais cette méthode me mettait hors de moi. J'avais l'impression d'être un animal de cirque. Elle avait même surligné le mot « chimpanzé » avec un feutre fluo. Comme si, en plus d'être muet, j'étais aveugle ! Elle aurait pu aller jusqu'au bout de sa logique et m'offrir une cacahuète comme récompense.

– Je suis désolée, me dit-elle, mais je pensais que si le sujet t'intéressait...

– Ruth...

– Je sais... tu n'es pas un bébé.

Quand nous sommes arrivés, Zanzi se trouvait sur la plate-forme, en hauteur. Elle me vit et elle prit aussitôt son bébé dans les bras pour descendre à ma rencontre.

– Je te présente mon amie, lui fis-je en signant avec les mains.

Zanzi s'est assise et a commencé à fouiller dans son nez. J'essayai encore une fois. Je passai mon bras autour de Ruth pour lui montrer ce que je voulais dire.

– Amie d'Œil-Couleur-de-Ciel... dis bonjour, Zanzi.

Elle ramassa un morceau de paille et se mit à le sucer bruyamment. Il était évident qu'elle refusait de me répondre.

– Dis « Œil-de-Caillou » !

Elle secoua la tête et fit claquer ses dents.

J'étais en colère après elle.

– Ne t'en fais pas, fit Ruth, elle n'a peut-être pas envie de parler. Tu peux comprendre ça, pas vrai ?

Elle avait tapé dans le mille. Elle dut s'agenouiller pour mieux voir le bébé. Il essayait de ramper. Il avait une touffe blanche sur le dos. Selon Eric, tous les bébés gorilles possèdent cette touffe de poils : c'est pour prévenir les autres animaux qu'il faut faire attention à eux.

Le regard de Ruth s'illumina :

– Elle est magnifique. Comment s'appelle-t-elle ?

– Zoé.

– Ma Beauté, corrigea Zanzi en signant.

Je tirai Ruth par le bras :

– Tu as vu ça ? Tu as vu ce que Zanzi a fait ?

Non, elle n'avait rien vu. Elle était trop occupée à admirer le bébé.

– Oh, Ruth !

– Quoi ? Qu'est-ce qu'elle a fait ? Qu'est-ce qu'elle a dit ?

– Non, ce n'est pas grave, c'est peut-être mon imagination...

– Quel dommage !

On est resté à les regarder pendant une demi-heure. Ruth s'adressa en langue des signes à Zanzi pour voir si elle répéterait le nom du bébé, mais Zanzi refusait obstinément. Elle n'était pas d'humeur. Ruth alla voir les autres animaux. Elle voulait voir le tigre, mais il allait et venait contre le verre de sa cage, sans s'arrêter. Ruth s'éloigna.

– Cet animal devient fou dans cette cage, dit-elle, on le lit clairement dans ses yeux.

Je regardai à mon tour : elle avait raison. La flamme avait disparu. J'en aurais pleuré. On alla ensuite voir les oiseaux. Il y avait un petit attroupement autour d'une cage. Un vieil homme était en pleine conversation avec un perroquet :

– Salut, mon pote !

– Salut, mon pote !

Le perroquet agrippa les barreaux de sa cage avec ses serres et son bec, puis siffla à tue-tête.

– Petit insolent ! fit le vieil homme.

– Insolent, insolent, insolent !

Ruth me dit que ce n'était pas une véritable conversation :

– Il ne fait que répéter ce qu'il entend.

Dis « chimpanzé », Tom, « ch... ch... », vas-y, je sais que tu peux le faire.

– Les perroquets ne comprennent pas ce qu'ils disent, Tom.

– Au revoir ! reprit le vieil homme.

– Bonjour, mon pote ! lui répondit le perroquet.

Comparée au bébé de Zanzi, Daisy était vraiment en retard. A six mois, elle était beaucoup plus petite qu'elle. Elle n'avait pas encore de cheveux et elle était incapable de faire quoi que ce soit toute seule. Elle parvenait à se tenir assise, mais il lui arrivait encore souvent de tomber en arrière. Et naturellement, elle ne parlait pas. Elle était trop jeune. Elle ne parlerait pas avant d'avoir soufflé sa première bougie. C'est comme ça chez les bébés des humains.

Enfin, pour moi, ça ne s'était pas passé comme ça. Daisy commençait à babiller. J'adorais l'écouter. J'ai demandé à ma mère si, moi aussi, j'avais babillé étant bébé. Elle répondit que oui, mais je ne suis pas sûr qu'elle s'en souvenait vraiment.

– Mais si, je t'assure, me dit-elle, en fait, tu disais même « ba ba ».

– Et pas « mama » ?

– Non.

Alors elle ne m'avait jamais entendu prononcer « mama » ! Daisy serait la première à le faire. J'ai pincé les lèvres pour dire

« Mmmmm », mais aucun son n'est sorti de ma bouche.

Il ne me restait plus que trois tickets pour le zoo. Et je devais tenir jusqu'à la fin de l'année. Mais c'était plus fort que moi, il fallait que j'y aille. J'en demanderais d'autres pour mon anniversaire.

– Maman, je vais faire un tour.

– Tu vas encore au zoo ?

– Oui, pour voir les gorilles.

Je lui avais parlé de Ma Beauté. Chaque fois que Daisy faisait quelque chose de nouveau, je disais : « Le bébé de Zanzi fait ça depuis longtemps ! »

Alors elle éclatait de rire et me répondait que le bébé de Zanzi semblait très précoce. Ma Beauté savait marcher maintenant. C'était venu petit à petit. Elle avait commencé par ramper. Ensuite elle s'était suspendue à la roue en caoutchouc, et aussi aux barreaux de la cage, pour commencer à avancer. Lorsqu'elle avait lâché, les premières fois, ses pattes ne l'avaient pas soutenue et elle était tombée sur son derrière. Mais c'était du passé.

– Toi aussi, quand tu as commencé à marcher, tu faisais pareil, m'expliqua maman.

Daisy n'aimait pas trop jouer encore, contrairement à Ma Beauté qui passait son temps à grimper sur Congo, à le mordre ou à lui sauter dessus. Quand il dormait, elle lui tirait les poils ou lui mettait des brindilles dans le nez. Congo était incroyablement patient. Il râlait bien un peu, mais jamais il n'était violent. Il lui lançait juste un regard désapprobateur.

Elle se nourrissait encore avec le lait de sa mère, mais Ma Beauté avait commencé à mâcher des feuilles. Sa nourriture devenait plus solide. Ma mère, elle, écrasait des bananes pour Daisy. Au début, Daisy fit la moue : elle recracha la banane en la poussant avec sa langue. J'avais vu Ma Beauté faire la même chose avec un grain de raisin qu'elle avait trouvé dans l'herbe. Elle l'avait mis plusieurs fois dans sa bouche, puis recraché, avant de le renifler et de le fourrer de nouveau dans sa bouche. Lorsqu'elle avait fini par le croquer, le jus qui coula soudain dans sa gorge l'avait fait bondir.

– Elle a des frères et sœurs ? me demanda ma mère.

– Pas encore, c'est le premier bébé de Zanzi.

Les gorilles ont souvent leur premier bébé entre huit et dix ans, m'avait expliqué Eric. Ensuite, il fallait attendre au moins trois ans pour qu'arrive un autre petit, et la naissance de jumeaux était rarissime. Un gorille femelle pouvait avoir plusieurs petits, mais la moitié d'entre eux mourait. Maman m'a expliqué qu'autrefois, c'était la même chose chez les humains. Son arrière-grand-mère avait eu treize enfants, mais seulement sept avaient survécu.

J'étais arrivé très tôt au zoo. Il faut dire que toute la maison est réveillée une fois que Daisy a ouvert les yeux. J'avais pris mon petit-déjeuner et j'étais parti aussitôt après. Maman m'avait donné de l'argent pour m'acheter quelque chose à manger. Je me suis dit que j'allais garder cet argent pour m'acheter d'autres tickets au cas où personne ne m'en offrirait.

Je suis allé voir Zanzi, mais je ne l'ai pas repérée tout de suite. Congo était là et les gorilles des plaines prenaient un bain de soleil, mais Zanzi demeurait invisible. Peut-être dormait-elle dans l'autre enclos, à l'intérieur ? Ça ne lui ressemblait pourtant pas. Elle aimait dormir à l'air libre. J'aurais aimé pouvoir l'appeler : « Z... Z... », mais je n'ai pas réussi à prononcer le mot. Seul un léger sifflement est sorti de ma bouche. C'est alors que j'ai vu Eric.

– Tu cherches Zanzi ? Elle se cache. Je crois qu'elle est malheureuse.

Eric non plus ne semblait pas très heureux. Il s'est mordu la joue avant de hausser les épaules. Il n'avait visiblement pas envie de parler. J'ai ouvert la bouche, j'aurais voulu lui poser une question. Il a secoué la tête, pour me faire comprendre qu'il ne souhaitait pas en dire plus. Mais je lui ai quand même demandé, en signant avec mes mains :

– Qu'est-ce qui ne va pas ?

Il m'a regardé, l'air surpris.

– Désolé, je ne savais pas que tu étais sourd.

Je lui ai fait de nouveaux signes, dans l'espoir qu'il comprendrait ce que je voulais dire. Ce n'était pas si difficile, après tout, c'était même à la portée d'un gorille.

– Je ne suis pas sourd, je n'arrive pas à parler, c'est tout. Pourquoi Zanzi est triste ?

Il a levé les mains en l'air en signe d'impuissance :

– Désolé, je ne comprends pas.

J'ai fait le tour de l'enclos, mais Zanzi restait introuvable. Je suis resté près des barreaux pour attendre. Après une dizaine de minutes, j'ai vu la paille bouger. Zanzi était couchée sur le ventre, sous la paille, ses mains et ses jambes repliées sous elle. Elle a levé la tête pendant quelques secondes. Son regard était vide et perdu dans le vague. Elle avait l'air droguée.

Ma Beauté avait disparu.

CHAPITRE V

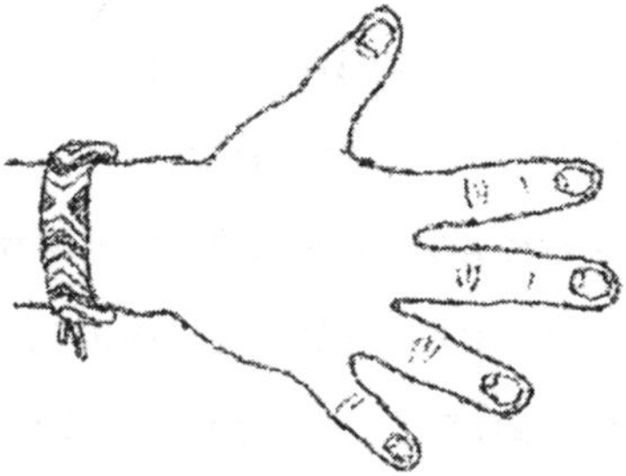

J'ai regardé plus attentivement, une seconde fois, puis je suis monté sur le mur pour avoir une vue d'ensemble. Qu'avait-il bien pu arriver à Ma Beauté ? Un accident ? Elle avait peut-être essayé de se balancer avec la corde et ses mains avaient glissé ? Peut-être était-elle tombée et s'était-elle brisé le cou ? Mais les bébés gorilles sont très forts ! Quelque temps après leur naissance, ils sont déjà capables de supporter leur propre poids pendant trois minutes en se suspendant par un bras !

Congo était assis, dos tourné. Si lui aussi

était perturbé, ça ne se voyait pas. Dans la jungle, il arrivait qu'un singe à dos d'argent fasse une intrusion pour tuer un bébé gorille et obtenir les faveurs de la mère. Mais dans un zoo, c'était impossible.

Les gorilles plus jeunes avaient-ils blessé le bébé de Zanzi ? Peu probable. Ils avaient trop peur de Congo. C'était lui le chef. De toute façon, Zanzi laissait les jeunes gorilles toucher le bébé maintenant. Ils ne lui faisaient pas de mal. Dans quelques mois, elle deviendrait leur compagnon de jeux, ils grimperaient, se battraient et chahuteraient ensemble.

Je suis retourné voir où Zanzi se cachait sous la paille. Elle n'avait pas bougé. En faisant des signes, je lui ai demandé :

– Parle-moi, Zanzi. Dis-moi où est Ma Beauté.

Zanzi a poussé un profond soupir, un soupir très humain, avant de fermer les yeux. Pendant une demi-heure, j'ai attendu sans rien dire. Puis elle a rouvert les yeux et s'est assise.

Soudain à l'affût, elle a regardé tout autour d'elle à la recherche de son bébé. Avant de se souvenir qu'il était parti. Doucement, très doucement, elle a levé les doigts et les pouces pour tenter de m'expliquer ce qui s'était passé.

– Bébé parti.

J'ai voulu savoir où il était :

– Bébé parti où ? Raconte à Œil-Couleur-de-Ciel.

– Piqûre de sommeil.

Piqûre de sommeil ? Qu'entendait-elle par là ? Est-ce que Ma Beauté avait été piquée par un insecte ? Par une abeille ? Une guêpe ? ou un moustique ? Avait-elle fait une réaction allergique ? Elle avait peut-être ramassé une pêche sur laquelle somnolait une guêpe qui l'avait piquée. Sa gorge avait alors tellement enflé qu'elle aurait étouffé ? Mais si c'était ça l'explication, alors pourquoi Eric ne m'avait-il rien dit ? J'avais vu son visage. Il n'exprimait pas la tristesse, mais la culpabilité. Non, la piqûre de sommeil n'avait rien fait au bébé, c'est Zanzi qui l'avait reçue. C'est ce qu'elle m'a expliqué.

– Œil-de-Caillou, piqûre de sommeil.

Œil-de-Caillou ! J'avais donc raison. Eric était impliqué dans la disparition de Ma Beauté !

Piqûre de sommeil ? Qu'est-ce qui pique, à part un insecte ? Mais oui, c'était ça, Zanzi avait reçu une injection ! On lui avait administré une piqûre de tranquillisants. On l'avait endormie, et quand elle s'était réveillée...

– Bébé parti.

Elle s'est de nouveau recroquevillée dans la paille en se cachant le visage. Puis elle s'est rendormie. Je suis resté avec elle. Pendant qu'elle rêvait, je voyais son visage se crisper. Elle geignait et poussait de petits cris. Des cauchemars remplis de pythons. Ou de léopards.

Elle se réveilla bientôt pour chercher Ma Beauté partout, encore une fois dans la paille, qu'elle envoya en l'air. Puis la mémoire lui est revenue : bébé envolé. Le lait coulait sur sa fourrure comme un collier de perles cassé. Son corps tout entier était en pleurs. Je pleurais avec elle. Cela la mit encore plus en colère. Elle m'appela Visage-de-Pluie.

– Elle va vite se remettre, dit Eric. Son lait va arrêter de couler. Ça ira mieux.

Il ne croyait pas plus que moi aux mots qu'il prononçait. Il décrocha la photo du bébé. Il la retira du cadre d'acier accroché à la rambarde. Je l'avais lue des milliers de fois.

BIENVENUE A ZOÉ,
NOTRE NOUVEAU BÉBÉ !

DATE DE NAISSANCE : 6 juin 2004
POIDS : 1,8 kg
NOM DE LA MÈRE : Zanzi
NOM DU PÈRE : Congo
ESPÈCE : gorille des plaines de l'Ouest
SOUS-ESPÈCE : gorilla gorilla

– Tout cela fait partie du programme de reproduction du zoo, expliqua Eric. Au fait, tu peux m'entendre ?

Je fis oui de la tête en essuyant mes larmes sur la manche de ma chemise.

– Je déteste ça autant que toi, poursuivit-il, mais il y a d'autres zoos qui ont besoin de gorilles. Je ne fais qu'obéir aux ordres.

Ainsi Ma Beauté n'était pas morte. On l'avait retirée à Zanzi pour l'envoyer dans un autre zoo. Mais elle était bien trop petite encore, tout cela n'avait aucun sens.

– On ne peut plus capturer de gorilles sauvages, sinon, dans vingt ans, ils auront complètement disparu. Ou même avant.

Il me tendit la photo.

– Tu la veux ? Comme ça tu n'oublieras pas Zoé.

J'étais de nouveau au bord des larmes. Il fit semblant de frotter son blouson pour enlever une tache invisible et continua comme si de rien était.

– Tout ira bien pour Zoé. Elle sera adoptée par une autre femelle une fois en Amérique.

Où était-elle en ce moment ? Elle ne pouvait pas être déjà arrivée en Amérique !

Je fis des signes à l'adresse d'Eric en essayant d'être le plus explicite possible.

– Où est le bébé ?

Il détourna son regard. Je couinai et grognai pour faire sortir ces satanés mots :

– ooo... uuu...

Eric secoua la tête :

– Désolé, gamin.

Je l'ai suivi en cachette jusqu'au baraquement des gardiens. Je me demandais si c'était là qu'il gardait Ma Beauté. Il avait peut-être tiré un peu du lait de Zanzi pendant qu'elle était endormie pour la nourrir. Ma mère avait une sorte de pompe électrique pour tirer son lait et que mon père puisse nourrir Daisy quand elle devait sortir. Daisy était presque sevrée maintenant, mais ce n'était pas le cas de Ma Beauté. Les gorilles continuent de téter pendant au moins deux ans.

Elle ne pourrait supporter le voyage jusqu'en Amérique en étant privée de lait.

Eric se retourna et m'aperçut :

– Qu'est-ce que tu veux ? Je t'ai donné la photo, non ?

Je jetai un œil à l'intérieur du baraquement dont la porte était ouverte.

– Ah, j'ai compris. Eh bien non, elle n'est pas là. Zou, je ne veux plus te voir.

Il sortit un trousseau de sa poche, le suspendit au porte-clés, puis ferma la porte.

Il se mit à pleuvoir. Je retournai voir Zanzi. Elle était toujours assise, l'air malheureux. Elle suçait l'eau de pluie qui tombait sur sa fourrure.

– Bébé pas mort, lui ai-je expliqué.

Elle ne réagissait pas. Elle ne m'avait pas compris. Elle fit des signes avec ses doigts. Au début, j'ai cru qu'elle ne faisait que les tordre, mais je me suis aperçu qu'elle répétait toujours les mêmes mouvements. Il était évident qu'elle essayait de dire quelque chose.

– Nourriture pour vers. Bébé parti.

De la nourriture pour les vers ; c'était là sa façon de définir la mort ! Elle pensait que Ma Beauté était morte. Elle n'avait pas pu partir, Zanzi le savait. Elle connaissait par cœur chaque centimètre carré de l'enclos et il n'y avait aucun moyen de s'échapper. Un serpent, lui, aurait pu se glisser à travers les barreaux. Un léopard aurait pu venir pendant son sommeil. Tous les jours, elle l'entendait rugir. Toutes les nuits aussi. Elle ne le voyait pas, mais personne ne voyait jamais les léopards. Jusqu'au moment où ils bondissaient sur vous. Zanzi avait toujours su qu'ils pourraient venir. Les léopards hantent sûrement les cauchemars des gorilles, comme les monstres hantent les miens. Mais Ma Beauté n'était pas morte.

– Pas nourriture vers, ai-je signé.

Elle frappa l'herbe boueuse avec la paume de sa main.

Je répétai :

– Pas nourriture vers. Œil-de-Caillou prendre bébé.

Elle me lança un regard étonné. Elle fit le signe qui signifiait « Œil-de-Caillou », puis elle montra les dents. Elles étaient énormes. De l'ivoire jaune. On ne la reconnaissait plus quand elle faisait ça. On aurait dit un démon, un démon plein de haine et de méchanceté. Elle ramassa une poignée d'excréments et la jeta contre les barreaux. Ils tremblèrent. Elle recommença à signer avec ses mains dégoûtantes :

– Œil-de-Caillou fumier.

Elle l'injuriait. Elle secoua la tête, puis essuya consciencieusement ses mains dans l'herbe. Elle baissa la tête et se mit à frotter ses ongles. Elle croisa ensuite les bras contre son corps et se balança doucement. Elle était redevenue Zanzi, la douce Zanzi au cœur brisé. Elle commença à arracher les poils de son bras ; et elle tira, encore et encore, jusqu'à ce qu'apparaisse une plaque de peau blanche. Alors elle gratta rageusement jusqu'à ce que la peau se mette à saigner.

– Arrête, Zanzi.

Mais elle continua. J'étais certain que Ma Beauté se trouvait encore dans le zoo. Il ne pouvait pas en être autrement. Quelquefois, on teintait le verre de certaines cages : elle était peut-être dans l'une d'elles. Ou bien dans une cage d'isolation comme on en utilisait à la clinique vétérinaire du zoo. Je la trouverais, quel que soit l'endroit où elle était enfermée. Zanzi lécha quelques gouttes de sang qui perlaient de son bras et soupira. Elle se mit à gémir et à frapper son front.

– Bébé où, Œil-Couleur-de-Ciel ?

– Je n'en sais rien, je vais partir à sa recherche, et je vais le trouver !

Je me suis éloigné de la cage. Zanzi continuait à signer sous la pluie, répétant sans cesse les mêmes gestes : Bébé où ? Bébé où ? Bébé où ?

Dès que je fus hors de sa vue, elle commença à hurler. Son cri résonnait dans tout le zoo. Les chimpanzés l'entendirent, et eux aussi commencèrent à hurler pour montrer qu'ils compatissaient à son malheur. Les gibbons entonnèrent un chant funèbre et disparurent dans les arbres tels des fantômes. Les babouins se mirent à crier et le mandrill à mugir.

Tous les animaux du zoo étaient maintenant au courant : les éléphantes se couchèrent, les girafes agitèrent les oreilles et baissèrent leur tête délicate. Même la tortue, si silencieuse d'ordinaire, sentit les vibrations dans son aquarium d'eau salée et se remit à chercher en vain un endroit où déposer ses œufs.

Les hurlements plaintifs de Zanzi dominaient tous les autres cris. La dernière fois que j'avais entendu de tels gémissements, c'était à l'enterrement de ma grand-mère. Et c'était ma mère qui exprimait ainsi son chagrin. Les cris de Zanzi n'étaient pas vraiment humains, ils remontaient loin dans le temps, aussi loin que la mort elle-même. Si vous tendez suffisamment l'oreille pour écouter au-delà des bruits de la vie, alors vous aussi vous l'entendrez. Ou vous le sentirez. Il est toujours là.

Ma Beauté aussi l'entendit. Elle y répondit. C'est comme ça que j'ai pu la retrouver.

CHAPITRE VI

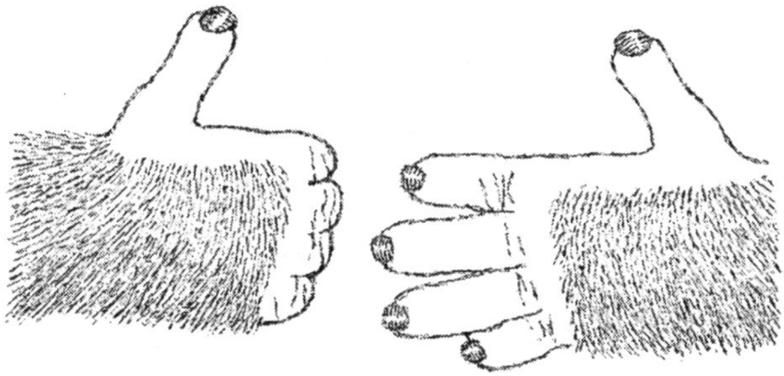

J'ai entendu son appel, mais je ne pouvais pas aller la voir, car elle était prisonnière d'une cage au fond de l'ancien bâtiment réservé aux insectes. Une pièce autrefois consacrée à la culture des larves. Il y avait alors des étagères entières remplies de petites boîtes en plastique transparent dans lesquelles étaient disposés des œufs, pas plus gros qu'une tête d'épingle, sur un lit de papier blanc. Il y avait aussi des bouteilles remplies de chenilles fines comme du fil de coton. Et aussi des bouteilles contenant des chrysalides tissées sur des brindilles. Tout cela avait disparu maintenant. Il n'y avait plus ni coléoptères, ni araignées, ni papillons. Il n'y avait plus rien à voir. Le bâtiment avait été fermé au public.

J'en ai fait le tour et je suis monté sur un seau pour voir à l'intérieur par une petite fenêtre sale. A travers une fente du volet, j'ai vu Ma Beauté. Elle s'était calmée. Quelqu'un était avec elle, un homme en salopette verte. Il sortit un biberon du micro-ondes et vérifia la température en faisant couler quelques gouttes de lait sur son poignet. Il passa ensuite la tétine à travers les barreaux, mais Ma Beauté refusait de se nourrir. Elle se réfugia dans un coin et se mit à sucer ses doigts.

L'homme s'assit et parla à quelqu'un au téléphone. C'est alors que mon pied glissa et l'homme repéra ma présence. Il frappa au carreau :

– C'est une propriété privée !

Je me suis enfui en courant. Les plaintes de Zanzi retentissaient sous la pluie. J'ai quitté le zoo en évitant de passer devant son enclos. J'avais dit que je trouverais son bébé, je ne pouvais retourner la voir les mains vides. Elle ne comprendrait pas, elle se sentirait trahie. Je serais moi aussi, comme Œil-de-Caillou, un tas de fumier.

Je suis rentré à la maison. Tout en marchant, je me suis demandé ce que je pourrais faire pour aider Zanzi. Eric prétendait qu'il était impuissant, qu'il ne faisait qu'obéir aux ordres. Cela faisait partie du programme de reproduction.

Ne faisons-nous pas tous partie de ce programme ? Quand des tribus humaines sont menacées d'extinction, est-ce que nous enlevons les bébés pour les envoyer en Amérique ? C'est peut-être ce qui se passe en réalité, qui sait ?

Moi, je ne savais qu'une chose : Zanzi

aimait son bébé aussi fort que ma mère aimait Daisy. Mais ma mère avait de la chance : elle avait deux enfants à aimer et à serrer dans ses bras. Les bras de Zanzi, eux, étaient vides. Il ne me restait que deux tickets.

J'étais complètement trempé quand je suis arrivé à la maison. Je suis allé directement dans ma chambre pour me changer. Je savais que je n'avais pas beaucoup de temps. J'ai prié pour que le soleil réapparaisse. Et il y eut une brève éclaircie. J'ai proposé à ma mère d'emmener Daisy faire une petite balade dans son landau. Ma mère, qui avait vraiment besoin de repos, accepta volontiers. Ça ferait du bien à Daisy de prendre un peu l'air.

– Tu n'as qu'à faire le tour du pâté de maison, suggéra ma mère.

J'ai fait le tour du pâté de maison, puis j'ai descendu la rue et j'ai grimpé la colline jusqu'au zoo. Il n'y avait personne à l'entrée.

C'était la fin de l'après-midi. J'ai poussé le landau jusqu'à la porte réservée aux abonnés, puis j'ai tendu deux tickets. La femme dans le kiosque m'en rendit un :

– L'entrée est libre pour les bébés, m'expliqua-t-elle.

Ma Beauté, elle, n'était pas libre. Elle était enfermée dans une cage. Impossible de la délivrer. J'espérais qu'on ne l'avait pas emmenée ailleurs, que le camion qui la conduirait à l'aéroport n'était pas encore arrivé. Ils attendraient certainement la fermeture du zoo pour que personne ne s'en aperçoive. Les gens protesteraient s'ils apprenaient qu'un bébé était retiré à sa mère. En tout cas, ceux qui pouvaient se faire entendre. C'est ce que je ferais, si moi aussi j'avais une voix. J'ai mis le landau de Daisy devant la cage des cochons. Une truie énorme était étendue sur son flanc avec douze cochons de lait accrochés à elle. Il n'y avait plus de place pour le treizième. Aucun de ses frères et sœurs ne voulait bouger. Il poussait de petits cris perçants, mais tout le monde l'ignorait. Au bout d'un moment, il abandonna et alla se coucher seul dans un coin. Quelquefois, il ne suffit pas de crier pour se faire entendre. Rien ne sert de faire du bruit, si on ne sait pas faire passer le message.

L'enclos des cochons n'était pas très éloigné du baraquement des gardiens. Ce n'étaient pas les cochons qui m'intéressaient, mais le logement des gardiens. Je vis Eric en sortir. Il ferma la porte, mais sans la verrouiller. J'ai fait semblant d'observer les cochons. Il est passé sans me voir. J'ai approché le landau du baraquement. Je m'en suis servi pour me camoufler, j'ai poussé la porte et j'ai attrapé les clés. Je les ai mises immédiatement dans ma poche. Elles portaient toutes une étiquette, il a donc été facile de repérer celles dont j'avais besoin.

J'ai garé le landau devant l'entrée de l'aquarium où il y avait déjà plusieurs autres poussettes, car elles étaient interdites à l'intérieur. J'ai pris Daisy dans mes bras et, ensemble, nous sommes allés jusqu'à l'enclos des gorilles. Congo dormait, les gorilles des plateaux étaient rentrés dans l'enclos couvert.

Zanzi était seule dans un coin. Je lui ai présenté Daisy. Au début, elle a détourné la tête, mais je savais qu'elle ne pourrait pas résister bien longtemps. En effet, elle s'est tournée vers nous pour observer ma petite sœur, et c'est alors que je lui ai demandé :

– Tu la prends dans tes bras ?

Elle s'est approchée doucement. Elle a examiné Daisy et l'a reniflée. Elle semblait déçue. Elle a fait des signes avec ses mains :

– Bébé où ?

Elle réclamait Ma Beauté, qui n'était pas avec moi. Ses bras souffraient de ce vide soudain. J'ai répété ma question :

– Tu la prends dans tes bras ?

Elle hésitait. Elle comprenait ce que je lui demandais, mais elle hésitait. Elle me lança un regard timide à travers ses longs doigts marron. Je lui tendis Daisy qui se mit à babiller et à agiter ses petites mains dodues. La pluie se remit à tomber.

– Gentille Zanzi, prends le bébé, insistai-je.

Zanzi avança doucement puis tendit ses deux bras à travers les barreaux avec empressement.

A quelques mètres de nous, il y avait une mère et son enfant qui partirent quand ils sentirent les premières gouttes de pluie. Personne ne me vit ouvrir la porte. Je suis entré et j'ai déposé Daisy à mes pieds. Elle ne tenait pas très bien assise. Elle attrapa un bout de paille.

Zanzi nous rejoignit. Pendant un instant son front se plissa et ses yeux brillèrent bizarrement. Je me suis dit : « Oh mon Dieu, elle va prendre sa tête de démon et elle va tuer ma petite sœur parce que c'est Ma Beauté qu'elle veut, et personne d'autre. Elle va appeler Congo. Congo va tuer ma petite sœur parce que ce n'est pas son enfant ! »

Zanzi souleva doucement Daisy et la déposa au creux de son bras. Elle toucha ses joues rebondies avec ses doigts qui semblaient tellement humains, et passa ses lèvres sur sa petite tête.

– Pêche, signa Zanzi.

J'étais rouge de honte d'avoir douté de Zanzi et de sa capacité à s'occuper de ma petite sœur à la peau de pêche. Je me suis enfermé à l'intérieur de l'enclos. Les gens commencèrent à arriver. Zanzi aussi les entendit. Elle cala Daisy sur son bras et, la corde dans l'autre main, s'envola vers son nid, sept mètres au-dessus du sol. Je me suis caché dans des ballots de paille, mais je pouvais observer à travers ce qui se passait.

Une famille s'approcha pour voir les gorilles. Il y avait une femme avec un porte-bébé et un homme avec une petite fille sur les épaules. L'enfant montra du doigt la plate-forme :

– Bébé, fit-elle.

Son père leva les yeux :

– Où ça, un bébé ?

– Là-haut !

La mère à son tour regarda en l'air :

– Où ça, là-haut ?

Le père secoua la tête :

– Je ne vois rien du tout.

La petite fille se mit en colère, mais elle ne connaissait pas encore suffisamment de mots pour expliquer pourquoi. Elle, elle pouvait voir Zanzi bercer Daisy. Mais son père, non. Il n'imaginait pas ce genre de bébé, et il faut dire qu'il ne regardait pas vraiment. Il se serait bien passé de cette visite au zoo.

La fillette, très énervée, se mit à battre des pieds et à tirer les cheveux de son père.

– Bébé là ! Regarde !

– Arrête ça tout de suite ou je te fais descendre.

Ce fut la mère qui vit Daisy la première. Elle dit, interloquée :

– Oui, je le vois...

– Oui, bébé ! reprit la fillette.

Elle fit tourner la tête de son père en le tirant par les oreilles.

– Regarde ! Bébé !

Les parents n'en croyaient pas leurs yeux.

– C'est juste une poupée, expliquèrent-ils à la petite fille maintenant très en colère, juste une poupée.

– Non, pas poupée ! cria l'enfant.

Un groupe de touristes avec appareils photo, plans et sacs à dos vint bientôt les rejoindre. Après avoir lu tous les renseignements donnés sur les panneaux d'information, ils échangèrent leurs impressions. Congo était là, endormi, sur le dos. Ils tentèrent de repérer les gorilles des plateaux. On ne les voyait nulle part. Ils semblaient déçus. Soudain, l'un d'eux leva le bras, tout excité :

– Un bébé !

– Un bébé gorille ? Où ça ?

– Non, non, un bébé humain. Je l'ai vu bouger.

Ses amis se moquèrent de lui. C'était une poupée, évidemment ! Qui oseraient enfermer un bébé humain avec un gorille ? Arrête tes blagues.

Là-haut, sur la plate-forme, Daisy bâilla et commença à pleurer. Non, elle n'avait pas peur, et elle n'avait mal nulle part. Elle n'avait pas faim non plus. Non, elle avait sommeil. Je reconnaissais ses pleurs. Et Zanzi aussi comprit pourquoi elle pleurait. Alors elle se mit à la bercer ; mais les gens, eux, n'ont pas compris. Les visiteurs qui allaient voir les lions ou les ours, alertés par les cris, s'approchèrent à leur tour.

– Le gorille a volé un bébé ! Et il le secoue dans tous les sens !

Eric allait sûrement les entendre. Il serait là dans un moment. Il prendrait son fusil et endormirait Zanzi pour lui reprendre Daisy. Oserait-il ? Non, il ne prendrait pas ce risque. Il aurait bien trop peur que Zanzi ne blesse le bébé avant que le tranquillisant ait le temps de faire effet. Il serait tenu pour responsable, car c'était lui qui avait laissé ouverte la porte du baraquement, ce qui avait permis au garçon de voler la clé. Non, on ferait plutôt venir un tireur d'élite qui tuerait Zanzi d'une balle dans la tête.

Tout mon corps tremblait, ce qui faisait bouger la paille. Alors j'ai écarté les ballots et je me suis relevé. Les gens se sont mis à crier :

– Il y a un garçon aussi !

Certains ne m'avaient pas encore aperçu. J'ai attrapé une corde.

– Quel garçon, où ça ?

– Là, une corde à la main !

J'ai pris mon élan et j'ai essayé de me balancer dans les airs. Mon dos a heurté un montant de la plate-forme et j'ai failli tomber. J'ai recommencé : cette fois, mon pied s'est posé sur le barreau de l'échelle et j'ai pu monter jusqu'en haut.

– Le garçon, il est là, en train de grimper sur la plate-forme !

Maintenant tout le monde m'avait repéré. Les gens me montraient du doigt et se bousculaient même pour mieux voir le spectacle !

– Qu'est-ce qu'il fait ?

– Il va aller sauver le bébé ?

– Comment a-t-il fait pour entrer ?

Daisy avait arrêté de pleurer. Zanzi la tenait tout contre sa poitrine. Elle regarda vers le bord de la plate-forme. Je pensais qu'elle m'aiderait peut-être, mais non : elle était trop absorbée par Daisy.

J'ai réussi à me hisser sur la plate-forme, et je me suis assis à côté de Zanzi. Elle pensait peut-être que j'étais venu reprendre Daisy, mais elle n'était pas prête à s'en séparer. Daisy n'était pas son bébé, mais la sentir tout contre elle avait comblé le vide qu'elle ressentait, et apaisé un peu son chagrin.

Congo remua et se réveilla. Il s'étira lentement et s'assit. Il regarda l'attroupement : le silence se fit soudain. Il sentit immédiatement qu'il se passait quelque chose de bizarre. Il se mit debout et se frappa la poitrine. Boum, boum, boum. Il regarda en l'air et m'aperçut. Je sentis comme une boule dans mon estomac. Il commença à grogner. Des grognements monstrueux, des grognements sauvages. Les gens retenaient leur souffle. Puis il poussa un hurlement à vous arracher les oreilles, prit appui sur ses mains et se précipita vers la plateforme. Il frappa le sol du plat de la main et commença à grimper. Quelqu'un cria mon nom. Une femme hurlait : c'était ma mère.

CHAPITRE VII

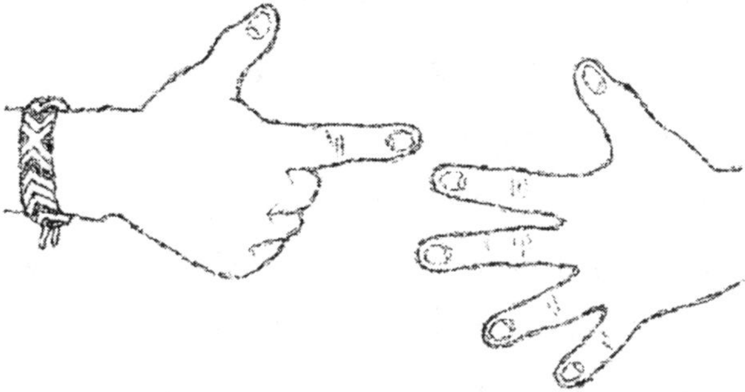

Elle avait découvert le landau près de l'aquarium. Il était vide. Elle m'avait cherché partout. Elle s'était dit finalement qu'elle me trouverait sûrement près des gorilles. Mais jamais elle n'aurait pensé me trouver AVEC eux ! Elle avait entendu les gens crier alors qu'elle s'éloignait de l'aquarium.

– Il y a un garçon dans l'enclos !

Elle joua des coudes pour rejoindre le premier rang et hurla aussitôt :

– Tom ! Tom !

Elle ignorait que Daisy aussi était à l'intérieur. C'était au-delà de tout ce qu'elle aurait pu imaginer. Tout ce qu'elle voyait, c'était Congo qui continuait d'escalader pour monter sur la plate-forme et se rapprocher de son fils. De nouveau, elle hurla :

– C'est mon fils ! C'est mon fils !

Des murmures s'élevèrent. Puis le silence se fit. Les gens se demandaient s'ils allaient entendre le chant ancien de la mort.

– C'est son fils ! C'est son fils !

Congo avançait toujours. Je repérai Œil-de-Caillou qui arrivait. Je m'étendis sur le ventre et me fis le plus petit possible. Je repliai mes bras et mes jambes sous moi, en signe de soumission à Congo. Je voulais lui montrer que je n'étais pas une menace. Il renifla ma tête. Je sentis son odeur.

J'entendis la sirène d'un camion de pompiers. Puis celle de la police. Et ma mère qui continuait de hurler mon nom.

Je sentais l'haleine chaude de Congo dans mon cou. Zanzi se pencha en avant. Elle tambourina et hurla au visage de Congo. Recule ! Il s'était approché trop près de ses deux nouveaux petits, Œil-Couleur-de-Ciel et Peau-de-Pêche. Recule !

Je sentis les doigts de Zanzi se refermer autour de ma taille. On me traînait sur le côté, le bois dur et mouillé m'arrachait la peau. Zanzi me tirait vers elle pour me protéger. Elle se pencha de nouveau en avant et poussa ses cris perçants. Congo tourna soudain la tête, comme sous le coup d'une énorme claque. Il était suspendu à la plate-forme par une seule main, d'une puissance incroyable. Zanzi cria encore, et il redescendit, humilié. Mais les cris avaient réveillé Daisy qui se mit à pleurer. Ma mère l'entendit et regarda tout autour d'elle avec angoisse :

– Daisy ?

Elle pressa son visage contre les barreaux et leva les yeux. Elle resta silencieuse un court instant, puis ce fut une crise d'hystérie.

Elle escalada le muret et essaya de grimper le long des barreaux mouillés. Elle n'arrêtait pas de glisser.

– Daisy !

Elle n'arrivait pas à imaginer comment Daisy avait pu se retrouver là-haut. Je la voyais qui essayait en vain de comprendre. Elle pensait peut-être qu'il y avait quelque chose de surnaturel dans tout ça. Pas une seconde elle ne songea que cela pouvait être un acte délibéré de ma part. Ses paroles étaient quasiment incompréhensibles :

– Tom, à l'aide, Daisy, comment ?

J'avais raison. On n'utiliserait pas de tranquillisants cette fois. Huit tireurs d'élite prirent position : quatre pour s'occuper de Zanzi et quatre autres pour Congo. La pointe de leurs fusils pénétrait dans la cage. Eric enferma les dos noirs dans le deuxième enclos, ce qui me rassura. J'étais vraiment désolé d'avoir mis les gorilles en danger.

Vraiment désolé. Mais c'était le seul moyen que j'avais trouvé.

La police fit reculer la foule qui rechigna : elle voulait profiter du spectacle. Les tireurs se déployèrent. Les journalistes arrivèrent. La foule était dépitée : maintenant, elle ne voyait plus rien du tout.

Une fois que tout le monde fut en place, je me suis levé. Je me suis mis debout devant Zanzi, les bras écartés pour la protéger des balles. Personne ne comprenait ce que je faisais. Un policier parla dans un porte-voix :

– Tom, fais exactement ce que je dis. Ecarte-toi doucement.

Je n'ai pas bougé d'un pouce. Ils pensaient que j'étais paralysé par la peur. Mais ce n'était pas vrai. Je ne voulais pas obéir. Ils ne comprenaient donc rien ? Etaient-ils donc si stupides ? J'ai croisé les mains sur ma poitrine.

– Tom, écarte-toi doucement. Ne reste pas près du gorille.

J'ai fait non de la tête. Ma mère supplia qu'on lui passe le mégaphone.

– Tom, c'est maman, fais ce qu'on te dit.

J'ai fait non de la tête. J'ai sorti les clés et je les ai agitées. J'entendais les gens murmurer :

– Il a volé les clés, il s'est enfermé délibérément !

Alors on se mit à me crier après :

– Qu'est-ce que tu fabriques ?

Je ne répondais rien et on n'avait pas l'air d'apprécier. Les policiers étaient furieux après ce gamin imprudent. Ils se tournèrent vers ma mère, comme si c'était elle la responsable :

– Qu'est-ce qu'il a ce gamin ? Pourquoi ne répond-il pas ?

Ma mère leur lança un regard furieux. Elle frappa les barreaux et son visage se crispa :

– Il ne parle pas !

Elle se laissa tomber sur les genoux, sur le petit muret. J'étais désolé de la voir souffrir ainsi.

– Tom, ramène-moi Daisy, je veux mon bébé.

– Zanzi aussi, fis-je en signant.

– Mais qu'est-ce que tu racontes ! hurla-t-elle.

J'ai levé les mains au-dessus de ma tête pour que tout le monde puisse bien voir et j'ai commencé à signer en faisant de grands, de très grands gestes.

– Ils ont emmené le bébé de Zanzi.

Un journaliste est passé par-dessus la barrière pour approcher un micro de la bouche de ma mère :

– Qu'est-ce qu'il a dit ? Dites-nous ce qu'il a dit !

On entendit ma mère respirer dans le micro ; sa voix était à peine audible :

– Il dit qu'on lui a pris son bébé.

Je n'entendis pas vraiment ses paroles, mais une petite fille, au premier rang, avait tout entendu. Elle murmura à l'oreille de sa mère :

– Ils ont pris le bébé gorille.

La mère à son tour passa le message à sa voisine qui le répéta à la personne derrière elle.

– Ils ont pris le bébé gorille !

En quelques minutes, la rumeur enfla :

– Ils ont pris le bébé gorille ! Ils lui ont pris son bébé !

Les gens exprimaient leur colère ! Ils disaient les mots que je n'arrivais pas à prononcer. La foule grondait, les parapluies s'agitaient. Tout le monde semblait révolté : comment pouvait-on tolérer qu'on enlève un petit à sa mère ? La fureur des femmes était terrible.

Même ma mère fut emportée par la vague de protestations. Malgré son désespoir, elle avait compris ce que je voulais faire. Elle attrapa Eric par les épaules :

– Qu'est-ce que vous avez fait du bébé de Zanzi ?

Maintenant, le gorille avait un nom. Tout comme une personne.

Tous les visages se tournèrent vers Œil-de-Caillou et les gens se mirent à hurler et à le huer :

– Je parie qu'il est ficelé dans un laboratoire ! On fait des tests sur des gorilles parce qu'ils sont presque comme nous !

Une femme franchit la barrière. Elle voulait tuer le gardien. L'un des tireurs pointa son fusil sur la foule. J'avais peur que cela tourne en bain de sang. Les choses dégénéraient. Je tentai de m'exprimer en faisant de grands gestes, mais personne ne faisait attention à moi.

– Ce n'est pas Eric le responsable, ce n'est pas lui !

Personne n'avait rien vu. Les gens allaient s'en prendre à Eric. J'ai rapproché mes lèvres :

– L... lai...

– Un jour, tu parleras, Tom

– L... lai...

Elle était persuadée que je pouvais parler. Si ça devait arriver un jour, il fallait que ce soit maintenant.

– Lai... laissez-le... siiii... silence !

Tout le monde se tut. Tout le monde me regardait. Ils attendaient... tout comme Ma Beauté. J'entendis la voix de ma mère. Sa voix se brisait sur les mots, mais elle parvint à dire :

– Laissez-le parler, s'il vous plaît, écoutez Tom.

Maintenant, c'était à moi de jouer. Je pris une longue inspiration.

– Ce... ce n'est pas m... moi qu'il faut écouter. Ec... écoutez Zanzi !

Je me suis écarté. Je voulais que Zanzi s'exprime. Mais j'ignorais si elle était d'accord. Elle était timide, et très nerveuse. J'ai montré ma petite sœur du doigt et j'ai demandé :

– C'est ton bébé ?

Daisy était dans ses bras. Zanzi souffla doucement sur le duvet de cheveux blonds qui recouvrait son crâne mais elle m'ignora. Je tentai de nouveau ma chance.

– Ce bébé n'est pas Ma Beauté ? Où est-elle ? Où est ton bébé ?

Zanzi fronça les sourcils. La foule commença à s'agiter. Il y eut des murmures.

– Chut ! Regardez ! Il parle au gorille dans la langue des signes !

– Qu'est-ce qu'il lui dit ? Et elle, qu'est-ce qu'elle dit ?

Quel imbécile ! Zanzi ne pouvait pas me répondre avec Daisy dans les bras ! Son bébé, lui, s'accrochait à sa fourrure. Mais si elle lâchait, Daisy, elle, tomberait par terre.

– Donne le bébé à Œil-Couleur-de-Ciel.

– Qu'est-ce qu'il dit ? demanda le journaliste.

Ma mère traduisit mes mots dans le micro.

J'ai tendu les bras. Zanzi ne me rendit pas Daisy, mais elle me laissa la prendre sans broncher. Elle baissa la tête.

– Elle lui a donné le bébé ! murmura la foule, il lui a demandé et elle lui a rendu le bébé !

Je me suis accroupi sur la plate-forme et j'ai coincé Daisy entre mes genoux. Il fallait maintenant redescendre, et ça n'allait pas être facile.

– Il va bien ? Qu'est-ce qu'il fait ? Pourquoi est-ce qu'il ne redescend pas ?

Je n'étais pas prêt à redescendre. Voir, c'est croire, et je voulais que tout le monde voie Zanzi.

Je voulais qu'elle fasse la une dans les

journaux, à la télévision. Je voulais prouver au monde que c'était atroce d'enlever un bébé gorille à sa mère. Non pas parce que moi, je le disais, mais parce que c'était ce que le gorille lui-même avait dit. J'ai tenté ma chance une dernière fois : je me suis tourné vers Zanzi et j'ai signé. Les caméras tournaient.

– Tu veux ton bébé ?

J'entendis le bruit des zooms se régler pour prendre les mains de Zanzi en gros plan. Ses doigts commencèrent à bouger. Un cameraman fit un signe d'approbation :

– Ça marche. Elle bouge les mains. Rapprochez-vous encore.

Allez, Zanzi, allez, continue comme ça. Elle se leva, poussa de petits grognements et fit enfin les trois signes tant attendus :

– Je veux mon bébé.

Les gens dans la foule demandaient :

– Qu'a-t-elle dit ?

Ma mère reprit dans le micro :

– Je veux mon bébé.

Maintenant, Zanzi était lancée : elle tambourinait le sol de la plate-forme, se tenait la tête à deux mains, et encore et encore, ses mains disaient :

– Je veux mon bébé ! Je veux mon bébé ! Je veux mon bébé !

Maintenant, tout le monde savait. Le gorille avait parlé. Les gens refusèrent de bouger avant le retour du bébé. Le directeur du zoo tenta une explication :

– Cela fait partie du programme de reproduction. Nous travaillons avec un zoo américain qui a besoin d'une gorille femelle. Cette mère gorille ne fait que copier les gestes du garçon. Elle ne sait pas ce qu'elle dit.

– Fumier ! traduisit ma mère.

Le directeur décampa. Furieuse, Zanzi faisait de grands gestes.

– Fumier, reprit la foule, vous n'êtes qu'un fumier. Rendez-lui son bébé !

J'étais aux anges. J'ai pris Daisy dans mes bras et j'ai crié :

– E... Eric, on fffait un éch... échange ?

CHAPITRE VIII

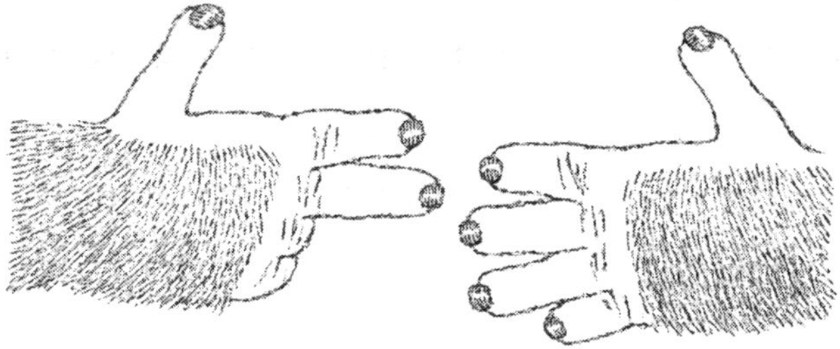

J'ai refusé de quitter la plate-forme. J'ai refusé de redonner son bébé à ma mère tant qu'Eric n'aurait pas redonné le sien à Zanzi. Le directeur du zoo n'avait pas le choix ; il devait accepter. Non pas que le sort de Zanzi l'ait ému ; non, pas vraiment. Je crois plutôt qu'il a cédé parce que le zoo voulait éviter une mauvaise publicité. Mais peu importait la raison : on avait gagné.

Zanzi avait maintenant arrêté de signer. A la place, elle s'était remise à geindre. Elle perdait patience. J'étais à ses côtés, sur la plate-forme, et son cri était insupportable.

Un cri à vous crever les tympans. J'étais persuadé que le plancher allait s'écrouler. On aurait été tués, tous les trois, Ma Beauté aurait été orpheline. Imaginez le scandale ! On nous aurait enterrés tous les trois ensemble.

Les femmes hurlaient. J'entendais les sanglots des dos noirs qui tambourinaient à la porte du second enclos. J'entendais aussi les barrissements des éléphants. Ils avaient entonné leur chant ancestral. Je me suis mis à battre la mesure. J'étais le chef d'orchestre dirigeant tout ce beau monde. Les gibbons se sont joints aux autres, puis les girafes.

Eric est revenu du bâtiment des insectes avec une cage fixée sur un chariot électrique. Les voix se sont tues, Eric a fendu la foule, tel Moïse traversant la mer Rouge. Il m'a appelé :

– Zoé est là, gamin. Reste où tu es.

De toute façon, je n'aurais jamais réussi à redescendre avec Daisy dans les bras. Les tireurs d'élite étaient toujours en position. Eric est descendu du chariot avant de déverrouiller la porte de la cage. Il a plongé la main pour sortir Ma Beauté.

Un soupir de soulagement a monté de la foule. Les gémissements se sont arrêtés. L'eau dans l'aquarium de la tortue a retrouvé son calme.

Le directeur du zoo a ouvert la porte de la cage avec son double. Eric est entré, le bébé gorille dans les bras. Ma Beauté s'est mise à pousser de petits cris aigus pour appeler. Congo a levé la tête. J'ai entendu le bruit d'un fusil qu'on armait. Eric a continué d'avancer.

Il était si courageux ! Il ne risquait pas d'être attaqué par Congo ou Zanzi, non, mais au moindre faux pas, ce sont les gorilles qui seraient tués. Eric ne s'en remettrait pas. Il adorait ses animaux. Ce serait moi le responsable, s'ils étaient tués, mais Eric ne l'admettrait jamais. Je n'étais qu'un gamin stupide. C'était lui le chef des opérations désormais. Il continuait à avancer. Il parlait tout doucement :

– Doucement, Congo, doucement.

N'en croyant pas ses yeux, Zanzi regardait Œil-de-Caillou qui grimpait en haut de la plate-forme. J'avais peur qu'elle lui saute au visage ou au cou. J'ai signé à son attention :

– Œil-de-Caillou gentil... bébé venir.

Eric avançait lentement. Il n'était plus tout jeune et Ma Beauté n'était pas légère. J'ai tendu la main pour essayer de l'aider.

– C'est bon, a-t-il dit, je m'en sors, espèce de tête de lard.

Néanmoins, il souriait. Il a écarté les bras du bébé accroché à son cou et l'a posé sur la plate-forme. En un éclair, Zanzi a attrapé son bébé et a frappé la tête d'Eric. Cela avait dû lui faire un mal de chien, mais Eric est resté muet. Il a fermé les yeux et son visage s'est crispé de douleur. Il devait estimer qu'il l'avait bien mérité. Zanzi se mit à pousser des cris : elle voulait qu'on la laisse seule avec Zoé. J'avais abusé de son hospitalité.

– Alors, on descend ? a proposé Eric. Passe-moi le bébé. Ah, les enfants, ils n'apportent que des soucis.

Je me demandais s'il aurait assez de forces.

– Je ne vais pas la laisser tomber, mes bras sont aussi musclés que ceux d'un gorille. Allez, on y va.

Je lui ai donné Daisy. Elle s'est mise à pleurer, le cri de la faim. Eric a tout de suite compris :

– Qu'est-ce qu'il y a ? C'est l'heure du biberon ?

Il a commencé à descendre pendant que j'attrapais la corde. Les gens ont poussé des cris de joie. Je ne suis pas sûr qu'ils m'acclamaient moi. Chose étonnante, ma mère ne s'était pas jointe au concert de louanges. Une fois qu'elle a eu récupéré son bébé, elle s'est mise dans une rage folle :

– Et alors, qu'est-ce que tu as à dire pour ta défense, Tom ?

– Rrrr... rien du tout ! ai-je crié.

Je n'avais aucun remord.

Elle a hurlé :

– Ce que tu as fait est impardonnable !

Mais elle m'avait déjà pardonné.

Le lendemain, Zanzi était dans tous les journaux. Et on a parlé d'elle à la télé. De moi aussi, d'ailleurs. Mon père n'arrêtait pas de répéter que c'était incroyable.

– Tu n'as qu'à y croire ! lui ai-je dit.

Les élèves de ma classe ne pouvaient pas croire non plus que j'étais capable de parler. Mais Ruth si. Elle l'avait toujours cru.

– C'est... c'est... grâce à toi.

Ruth a secoué la tête :

– Pas du tout, c'est toi qui as fait tout le travail.

Ce n'était pas tout à fait vrai. C'était à Zanzi qu'en revenait tout le mérite. J'avais essayé de lui enseigner la langue des signes et, pour finir, c'était elle qui m'avait appris à parler.

Je suis retourné la voir peu de temps après. C'était mon dernier ticket. Je n'ai pas eu à lui demander si elle était heureuse : ça sautait aux yeux.

Œil-de-Caillou s'est approché :

– Tu as un sacré culot de te pointer ici !

Mais il n'était pas fâché. J'avais craint qu'on le mette à la porte. Mais c'était un très bon gardien. J'aime beaucoup Eric. Ce n'est pas un « fumier ».

– Tu sais qu'un jour Zoé devra quitter Zanzi.

Oui, je le savais. Je lui ai demandé si on l'enverrait dans ce zoo en Amérique. Il a fait oui de la tête.

– Quand ça ?

– Quand elle aura six ans... et je ne suis pas responsable !

Evidemment. Les gorilles quittent habituellement leur mère quand ils ont atteint l'âge de huit ans, mais je pense qu'Eric avait déjà fait de son mieux pour que l'autre zoo attende aussi longtemps.

A six ans, Ma Beauté aura perdu sa touffe de poils blancs et elle dormira dans son propre nid. Encore deux autres années et, de toute manière, elle serait partie pour fonder sa propre famille. C'était la vie et j'étais sûr que Zanzi comprendrait. D'ailleurs, elle aurait peut-être un autre bébé d'ici là.

J'ignorais si Zanzi oublierait Ma Beauté un jour. Elle semblait douée d'une mémoire incroyable. Elle connaissait de nombreux signes que je ne lui avais jamais appris. Elle les avait peut-être appris de sa mère.

J'ai questionné Eric.

– La mère de Zanzi s'appelait Bulu. Zanzi est née en Californie.

En Californie ? Là où se trouvait la Fondation ? Là d'où venait Koko, le gorille qui connaissait plus de huit cents signes, Koko, qui racontait des blagues ? Il avait peut-être appris à Bulu à signer, et Bulu à son tour avait appris à Zanzi.

Eric croyait-il que les mamans gorilles pouvaient enseigner à leurs petits à communiquer avec les humains ?

– Pourquoi me demandes-tu ça à moi ? a-t-il répondu, si c'est ce que tu crois, alors pose la question directement à Zanzi.

Inutile. Juste avant la fermeture, alors que le zoo était presque vide et qu'Eric était parti, j'ai fait mes adieux à Zanzi, comme je le faisais chaque fois. Je m'éloignais quand j'ai entendu un petit appel venant de l'enclos des gorilles. Je me suis arrêté et je me suis retourné : c'était Ma Beauté. Elle agitait les doigts et les pouces. Ses petites mains marron bougeaient comme celles d'un humain. Presque comme celles d'un gorille. Elle avait quelque chose à me dire :

– Au revoir, Œil-Couleur-de-Ciel.

Voilà, nous avons tous quelque chose à apprendre.

L'ALPHABET DES SIGNES

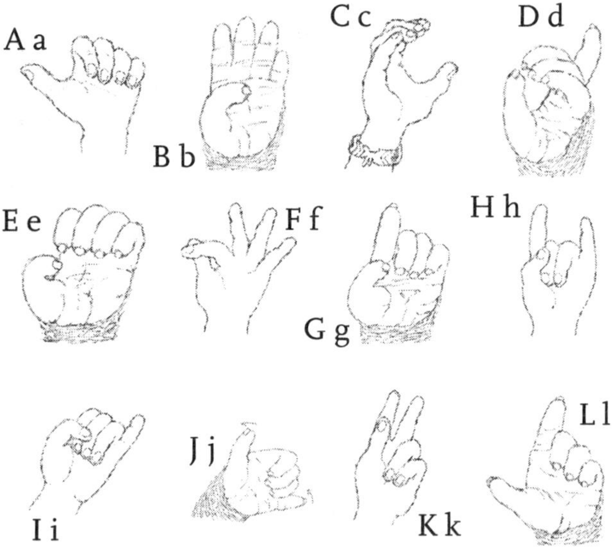

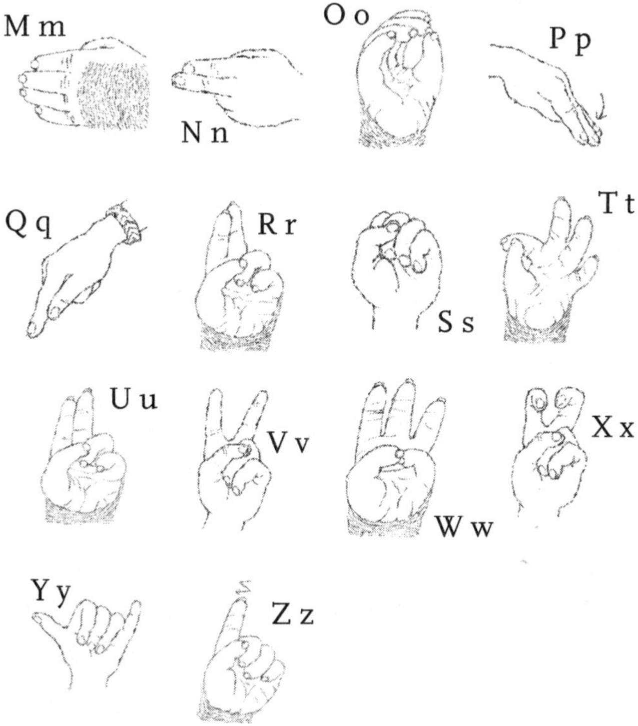
Mm
Nn
Oo
Pp
Qq
Rr
Ss
Tt
Uu
Vv
Ww
Xx
Yy
Zz

L'auteur

Jeanne Willis est née en Angleterre en 1959. Après des études de littérature, elle a travaillé dans la publicité (pour la presse, le cinéma et la radio...). Elle a écrit plus de soixante-dix livres : de la poésie, des romans, des albums illustrés (*Le garçon qui avait perdu son nombril, J'étais comment quand j'étais bébé ?, Je déteste l'école, N'aie pas peur !*, illustrés par Tony Ross, ou encore *Au pays des ours en peluche*, illustré par Susan Varley), et elle a été récompensée à de nombreuses reprises pour ces ouvrages. Également scénariste pour la télévision, elle vit aujourd'hui à Londres avec son mari et leurs deux enfants.

HISTOIRE
COURTE

À dévorer... selon ses envies !

L'été où j'ai perdu mon chien

François David

n° 1326

Les parents d'Aurélie se séparent. Heureusement, Aurélie a une confidente, sa chienne, Coquine. Mais pendant les vacances, Coquine s'enfuit, c'est le drame. Aurélie rend son père responsable. Pour renouer le dialogue avec sa fille, il n'a qu'une solution : retrouver la chienne. Pour aborder avec tendresse le thème délicat de la séparation.

Un peu, beaucoup, passionément...

Jean-Paul Nozière

n° 1327

Je m'appelle Max Séguso et je l'aime un peu, beaucoup, passionnément, à la folie... Qui ? Ma prof de français ! Elle est si belle, si intelligente, si... trop bien pour moi, en fait. Alors je ne sais pas comment lui déclarer ma flamme. Entre nous deux, c'est vraiment pas gagné ! Un roman pour se réconcilier avec les professeurs de français...

Droit au but
Collectif
n° 1328

Le principe du foot ? Un pour tous, et tous pour un ! Peu importe qui marque... l'essentiel est de gagner. Si l'équipe remporte le championnat, l'argent servira à soigner la petite sœur de l'un des joueurs, qui est gravement malade. Sacré défi ! Cinq nouvelles sur l'esprit d'équipe et l'amour du sport.

Au galop !
Collectif
n° 1329

Kate a toujours rêvé d'avoir un poney à elle, rien qu'à elle. Et le jour de son anniversaire, ce rêve se réalise enfin. Kate et Abyss deviennent alors inséparables, ils vivent ensemble des moments inoubliables. Jusqu'au jour où le poney disparaît mystérieusement... Quatre nouvelles pour tous les amoureux du cheval.

Dan Martin détective

Lorris Murail

n° 1330

On pourrait croire que c'est un métier facile, détective... Surtout quand on a douze ans et qu'on s'amuse à faire comme si. Mais je suis du genre à prendre des risques. En l'occurrence, pour une belle qui a perdu son chat... Et l'affaire s'annonce compliquée ! Pour les apprentis détectives qui ont le sens de l'humour.

Cool !

Michael Morpurgo

n° 1331

Pour Robbie, dix ans, la vie est vraiment « cool » !... jusqu'au jour où, victime d'un accident, il sombre dans le coma. Sur son lit d'hôpital, Robbie entend tout, mais il ne peut communiquer. Il vit dans sa tête et continue à espérer. Aidé par ses parents et ses amis, porté par sa passion du foot, il finira miraculeusement par se réveiller. Entre légèreté et gravité, une leçon d'espoir et d'optimisme.

Dan Martin file à l'anglaise

Lorris Murail

n° 1346

Vu mon niveau d'anglais, une visite à Ned, mon correspondant écossais, s'imposait ! Mais me voilà encore embarqué dans une drôle d'affaire : Ned compte sur mon flair légendaire pour retrouver l'or de ses ancêtres, caché dans le manoir familial. Des vacances de tout repos en perspective...

Une nouvelle aventure de Dan Martin pour les apprentis détectives au talent sans frontières.

Rêve de foot

Paul Bakolo Ngoi

n° 1347

Dans les rues de Kinshasa, la vie n'est pas facile. Obligé de voler pour manger, Bilia est emprisonné. Mais lors d'un match entre les jeunes détenus et les enfants du quartier, un journaliste remarque ce garçon au talent exceptionnel. Il lui propose de quitter l'Afrique pour tenter de faire carrière en Europe. C'est la chance de sa vie !

Une fabuleuse aventure humaine, ou quand le rêve devient réalité...

Le Prisonnier de pierre

Collectif

n° 1348

En visitant une église isolée, Richard entend une voix étrange qui l'appelle. Elle provient de la tombe d'un jeune chevalier, mort il y a plus de cinq siècles. Richard s'approche, intrigué. Il est bien loin de se douter que ce tombeau sera bientôt sa prison !
Quatre aventures mystérieuses, frissons garantis...

Loveblind

Michel Honaker

n° 1349

Londres, 1884. Un insaisissable criminel sème la terreur dans la haute société en choisissant avec soin ses victimes, qui semblent liées par un inavouable secret. Et si la clé du mystère était entre les mains de Purity, cette délicate jeune fille tant convoitée ?
Le récit d'une terrible vengeance dans l'atmosphère envoûtante de la nuit londonienne.

Dan Martin fait son cinéma

Lorris Murail

n° 1376

Scénario de cauchemar pour Dan Martin : chargé d'escorter David Silver-Lepage, jeune prodige du cinéma, le voilà plongé en plein film noir. Son protégé disparaît : odieuse mise en scène ou kidnapping ? Dan Martin va découvrir que, loin des flashs et des caméras, la vie des stars peut rapidement virer au drame.

Dans le rôle de l'apprenti détective, Dan Martin crève une nouvelle fois l'écran.

Jeux de surprises à la cour du Roi-Soleil

Arthur Ténor

n° 1377

Paris, 1683. Jocelyn, petit-fils de savetier, est bien décidé à sauver son grand-père de la ruine. Dans la rue s'avance un carrosse, sans réfléchir Jocelyn bondit sur le marchepied et demande une pièce d'or ! Le jeune duc du Maine, fils du Roi-Soleil, accepte à condition que Jocelyn lui prépare une surprise pour le distraire...

Découvrez les coulisses et les splendeurs du château de Versailles.

Bêtes de scène
Yves Hugues
n° 1378

On est bien loin de deviner ce qui se passe derrière les caméras lorsqu'on regarde tranquillement un film à la télé. C'est ce que vont découvrir Gaspard et Béline, qui assistent au tournage d'une série policière dans un zoo près de chez eux. L'ambiance n'est pas au beau fixe dans l'équipe, et d'inquiétants événements se succèdent qui font craindre le pire
Cocktail de suspens et d'humour, un petit polar à dévorer à pleines dents!

Les Longs-Museaux
Dick King-Smith
n° 1379

Lasses de voir leurs congénères faire le régal des renards, trois poules, plus futées et plus dégourdies que le commun des gallinacés, décident de déclarer la guerre à leurs ennemis jurés: les longs-museaux. Elles s'entraînent durant des semaines pour constituer une redoutable escadrille anti-goupil!
Une fable cocasse sur des volatiles qui n'ont pas froid aux yeux...

Coups francs
Collectif
n° 1380

Le foot ? C'est tout d'abord un ballon rond, souvent fabriqué par des « petites mains ». Un ballon pour jouer des matchs de légende ou des parties amicales passionnées dans les cours d'école. Un ballon avec lequel des joueurs au talent extraordinaire repoussent les limites du possible, un ballon grâce auquel les rêves les plus fous deviennent parfois réalité.
Cinq auteurs, cinq nouvelles... une passion.

Maquette : Aubin Leray
Loi n°49-956 du 16 juillet 1949
sur les publications destinées à la jeunesse
ISBN 2-07-050862-5
Numéro d'édition : 130353
Dépôt légal : mai 2005
Imprimé en Espagne
par Novoprint (Barcelone)